インナー・シティ・ブルース

長谷川町蔵

Inner City Blues: The Kakoima Sisters

Machizo Hasegawa

目次

第一話　ウッパ・ネギーニョ

渋谷

「この調子だと今日はもう誰も来ないって。ちょっと出ようよ」

ピチカート・ファイヴ「ワールド・スタンダード」から繋いだスライ&ザ・ファミリー・ストーン「イフ・ユー・ウォント・ミー・ステイ」のあとに小坂忠「ほうろう」をかけようかターンテーブルの前で迷っていると、さっきからずっと退屈そうにしていた恋さんが話しかけてきた。

たしかに開店してからもう三時間近く経っているのに、客は彼女しかいない。でもぼくは八五〇〇枚のアナログレコードに護られたこの空間から外に出たくなかった。

グリーン地に黄色いロゴの袋がトレードマークの、ぼくのレコードショップ「ワイルド・ハニービー・レコーズ」は、渋谷区宇田川町の通称レコード・ヴァレーの中心に立つマンション、ノア渋谷の三一三号室にある。大学を出てすぐこの店を開いてからもう二年が経った。

店を始めたときは勝手がわからなかったけど、ジョージ・ガーシュウィンからジョージ・マイケルまで歴史順にジャンル分けした棚が評判を呼んで、だんだん客がやってくるようになった。今では同じマンションのD.M.S.やStrangelove RECORDSやplanet Recordsといったライバルと一緒に、この街を盛り上げているというプライドがちょっとだけある。

そんな渋谷を愛してやまないぼくではあったけど、店には駒場から自転車で通っていたせいで、長いあいだ渋谷駅を使っていなかった。恋さんはいつもそれをからかっていて、今日は来てからずっと、ぼくを外に連れ出したがっていたのだ。

この店に最近やってくるようになった恋さんこと藤野恋は、今では常連客といえる。専門学校一年生と言っていたから年令は一九歳とかだろう。生まれも育ちも町田市で、通学の乗換駅になってから渋谷に遊びにくるようになったという。歳が若い客自体は珍しくない。オーナーのぼく自身がまだ二六歳ということもあって、うちの店の客層はかなり若かったし、私立校に通う女子高生だってたまにやってきた。

でも恋さんはそうした客とは雰囲気がまるで違う。うちにやってくる若い女の子といえばX-girlのチビTが制服みたいだったけど、彼女はいつもダボっとしたネルシャツの上に虎の刺繍がほどこされた悪趣味なスカジャンを羽織っていて、そこに雑な感じで茶色に染められた髪をバサッと垂らしていた。まるで暴走族のレディースのようだ。ぼくが彼女を「ちゃん」付けではなく「さん」と呼ぶようになったのも、むこうから「久作くん」呼ばわりされるようになったのも、彼女のドスの効いたルックスが原因といえる。

それよりさらに不思議なことがあった。恋さんはうちの店が扱っている音楽に一切興味がないのだ。買い物をしたことは一度も無いし、ぼくがこうしてせっせとかけているキラー・チューンにも全く反応しない。ちょっと前に好きなジャンルを訊いたら、「EDMとKポップ」と聞いたことがないジャンル名が返ってきた。それなのに他の常連客と世間話で盛り上がって、そのまま一緒に店外に遊びにいってしまうこともしょっちゅうだ。恋さんはここで扱われている音楽よりもここに通う人間に関心を持っているみたいだった。

「恋ちゃんのあの虎のスカジャン、グッチだった。実家が凄いお金持ちかヤバイところか、もしくはその両方なんじゃないかな」

そう教えてくれたのは、ここでしっかり買い物をしてくれる古い常連の大山マリさんだ。編集プロダクションで働いている彼女は、いつもビッグミニを持ち歩いていて渋谷の風景を切り取っている。そしてアナログ・フリークでもあった。

金曜の深夜になるとうちの店は、床の中央に置いたエサ箱を左右にどかして即席のクラブへと変身し、お気に入りのレコードを常連が流しあうシークレット・パーティが開かれる。マリさんはその常連で、7インチ・オンリーでイエイエやモータウンをかけるスタイルで人気を博していた。レギュラーDJは彼女とぼく、美容師としての収入をすべてソフトロックのレア盤に注ぎ込んでいる矢口、ハウス命のフィンランド人ミカエル、そして

Yellowのフリーパスを貼りつけたスケボーに乗って何処からともなくやってくる自称不良サラリーマンの沼水さんの五人だ。

若いミュージック・ラヴァーで満員のパーティは、いつも小沢健二「天気読み」からスティーヴィー・ワンダー「くよくよするなよ」という流れでヒートアップして、アライヴ！「スキンド・レ・レ」で皆が踊りはじめ、エドゥ・ロボの「ウッパ・ネギーニョ」でピークを迎えた。その曲のブレイク部分になると、マリさんを筆頭とする仲間たちはビートに合わせて「パパパ・パンパンパンパンパン・パパパパン」と両手を打ち鳴らす。その時、いつもマリさんと目があった。その輝かしい瞬間、ぼくはこの空間を作って良かったと心の底から感じ、この瞬間はいつまでも続くと思うのだった。

おそらくぼくとマリさんは両想いなのだろう。でも男女の面倒臭い感じになるよりも、音楽談義をしていた方が幸せなのだという暗黙の了解のせいで、ふたりの距離が縮まることはいっこうになかったから、ほかの常連たちはヤキモキしていた。でもどういうわけかそんな常連たちがここ数日、姿を現さない。

この渋谷では毎月のように新しいレコードショップがオープンする。もしかするとぼくが知らないうちに、彼女たちが夢中になるようなクールなショップが新しくオープンしたのかもしれない。そう考えると気が気でなくなってきた。

「じゃあ少しだけ出かけてみようかな」

かくしてパーカーを着込んだぼくと恋さんは、鈍い音が鳴るエレベーターに乗って、早春のレコード・ヴァレーへと降り立ったのだった。ここはレコードショップのマジックキングダムだ。向かって左側のビル一階には小文字の「m」が目印のマンハッタン・レコードが入っていて、狭くて急な坂の上にあるシスコ本店と、ヒップホップやR&Bの12インチの熾烈な価格競争を繰り広げている。そのシスコは向かいのビルにレゲエ、スタジオ・パルコにロックの専門ショップを出して老舗の貫禄を誇示していた。すぐ目の前のビルの五階に入っているのはギターポップやネオアコが充実しているZESTだ。ぼくが尊敬してやまないショップである。

「えーと、言っとくけど今日はレコードショップ巡りじゃないから」

ぼくの気持ちを読んだのか恋さんはそう言うと、先にスタスタと歩き出した。でも同業者としては、どうしても他のショップが気になってしまう。そうこうしている間に、グレイトフル・デッドが異様に充実しているIKOIKO、アメリカ盤の再発CDが安いウルトラ3の前を通り過ぎてしまった。

もし恋さんと一緒じゃなかったら、ぼくはきっと和隆ビルを地下二階まで駆け下りて、店内でガラージュハウスが爆音で流れているダンスミュージックレコードで新譜を買い漁り、ＢＥＡＭを四階まで駆け上がって、巨大なレコファンを埋め尽くすＣＤの山の中に宝物が埋まっていないか捜索を開始しただろう。

だけど恋さんは手足をぶらぶらさせながら、まるでそこに何もないかのようにそうしたビルを通り過ぎて、交番の先で右に曲がって細い路地へと入ってしまう。でもここは渋谷だ。行く先々にレコードショップが待ち構えている。

たとえば路地の入り口左手に立つビル。あそこは上から下まですべてのフロアがディスクユニオンだ。二階のサイコビリーの品揃えはいったい誰が買うのかと思うくらいディープだし、四階のテクノコーナーはこの街で一番ヒップなコーナーだ。右奥に立つセゾングループ系列のファッション・ビル、クアトロには一階から三階までＷＡＶＥが入っている。渋谷系ど真ん中の一階以上に、六本木ＷＡＶＥの遺伝子を感じさせる三階の現代音楽コーナーのセレクトの方をぼくは評価していた。

そして今、ぼくたちが歩く路地の真正面に鎮座するこの街の王者こそが、ＨＭＶ渋谷だ。ここのカリスマ店長だった太田さんがセレクトしたシブヤ・レコメンデーション、通称太田コーナーこそが渋谷系という概念の生みの親だ。太田さんは本社に移ってしまったけど、ここのセレクトが渋谷中のレコードショップの指標になっていることは間違いない。今週は何をプッシュしているのだろうか。気になって仕方がなかったけど、恋さんは無情にも店の目の前で華麗に左へとターンを決めてしまった。

ここまで歩いて来てようやく気づいた。彼女がぼくを連れていきたかったのはセンター街だということに。途端に体の中で何かが薄れていく感覚を覚えた。

猥雑な通りには、聴きたくもない曲が歪んだ音で鳴り響いていて、この通り特有の人種があふれんばかりに闊歩している。昼間なのにまるで週末の深夜のようなムードだ。いつ来てもここの雰囲気には気後れしてしまう。

「今日は人口密度がまあまあだからわかりやすいかなー」

恋さんはひとりごとを言うと、こちらを向いて今度はハッキリとした口調で言った。

「久作くん、コギャルが今たくさん歩いているじゃん」

「ああ」

気のない感じで同意すると、彼女はリュックからMDウォークマンみたいな不思議なものを取り出して、人混みに向けてシャッターを切る仕草をした。見たことがないガジェットだけど、どうやらデジタルカメラらしい。恋さんはそこに映し出された写真をぼくに見せてくれた。ビックリした。マリさんが「買ってみたけど、画像が粗くて使えないんですよね」とボヤいていたQV-10なんか比較にならないほどきれいだ。行き交う人々がものすごく鮮明に写されている。でも何かがおかしい。人口密度が実際よりも低いのだ。目を凝らしてみるとコギャルたちだけが写っていないことに気がついた。なんだろう、このカメラは。

「それ、コギャルだけ写らないカメラとか？」

ぼくが冗談を言うと、恋さんは澄ました表情でこう答えた。

「普通のカメラだよ。機械はゴーストを写せないから」

一瞬、笑い飛ばそうと思ったけど、口角を微かに上げた彼女の表情は自信に溢れている。

「どうしてこうなったか、歩きながら説明するね」

センター街の終点まで歩いていくと、恋さんは東急フードショーへと繋がる地下への階段を降りていった。あとをついていくと、フードショーまで伸びる地下道の途中に見知らぬ階段が脇道のように出来ている。サインには「東横線　副都心線　田園都市線　半蔵門線」と書かれていた。最後のふたつはともかく、東横線に乗るのに何で地下に潜るんだろう？　それと副都心線っていったい何だ？

階段を降りると、そこには見たこともない巨大な地下道が右方向にどこまでも伸びていた。地下道は微妙にカーブを描きながらも、全体がなだらかな坂になっている。こんな設計では自分がどこにいるか判らなくなってしまう。事実、行き交う人々はサインを確認しながら恐る恐る歩いているようだった。

「今から五年前かな。東横線が地下鉄の副都心線と直通運転することになって、地下に潜ったの。それで渋谷駅全体が地下に潜ったわけ」

恋さんはそう言ったけど、そんな計画は聞いたこともなかった。

「すり鉢状になっている場所って、ゴーストが溜まりやすいんだよね。あいつら時間感覚と方向感覚がないから、ぐるぐる回って外に抜け出せなくなっちゃう。ただでさえ渋谷はゴーストが集まりやすい地形なのに、駅が地下に潜って大きなすり鉢になったせいでさらに溜まるようになっちゃった」

そう言い終わるか言い終わらないかのタイミングで、恋さんは通りの反対側に向かって例のMDウォークマンもどきのシャッターを押して、ぼくに見せた。そこに立っているはずのMA－1のボンバージャケットを着たチーマー風男子の姿がない。彼女が囁く。

「あいつもゴースト」

「何で渋谷なんかにゴーストなんかいるんだよ？」

「久作くん、何も知らないんだね。渋谷って古代から修行僧がコミューンを作って住んでいた場所なんだよ。だから神の泉、神泉なんて地名が残ってる」

とても一九歳とは思えないオカルト的なトリビアを話す恋さんを見て、はっとした。この子が風変わりなのは彼女自身もゴーストだからなんだ。未来社会で死んで、ゴーストとして時を遡ってやってきた彼女は、遠い未来の渋谷のヴィジョンを見せることで、ぼくに歴史を変えてもらおうとしているのかもしれない。でも何故ぼくがその相手に選ばれたのだろう？

そんなこちらの憶測を知ってか知らずか、恋さんは出口一五番と書かれた方向へとゆっくり歩きながら話し続けた。

「駅が地下に潜ったせいで人の流れも変わったんだよね。たとえば昔は東横線に住むお金持ちって東急本店で買い物していたみたいじゃん。そういう人たちは今はもう副都心線で新宿三丁目まで出て、伊勢丹や高島屋で買い物するようになっちゃっている」

恋さんは床下に広がる大きな吹き抜けを指さした。身を乗り出して覗いてみると、フロアーが何層にも積み重なっている。その遥か下にはホームがあって、電車が今まさに到着するところだった。あれが東横線なのだろうか。ぼくは井の頭線から東横線に乗り換えていた人たちはいったいどれだけ歩かされるのだろうと思った。

「東急沿線に住んでいる人たちの高年齢化が進んだことで、渋谷に通う若い子自体も減っちゃっているらしいよ。いまは池袋の方が熱いって感じ」

いくら「今夜はブギーバック」がピーダッシュパルコのキャンペーン・ソングだったからといって、流石にそれはないだろう。しかし彼女はさらに不可解な未来を語りはじめた。

「それに合わせて渋谷も変わりはじめているんだよね。たぶんオフィス街に生まれ変わろうとしているんだと思う」

そんなことは神に誓ってありえない。すり鉢状で坂道が放射線上に伸びている渋谷の地形はそもそもオフィス街には不向きなはずだ。だからこそレコードショップみたいな弱小資本がこぞって出店して、世界に誇れるサブ・カルチャーのキングダムができた。それなのに無理にオフィス街にしたら、渋谷という街が死んでしまう。

長く暗い地下道の行き止まりは、未来的なガラス張りのショッピングセンターだった。恋さんが言う。

「ここがヒカリエ。前は東急文化会館だったところ」

ということは、最上階にあったプラネタリウムも無くなってしまったのか。彼女を追うようにエスカレーターに乗って地上に出た時、ぼくは他にも無くなっているものがあることに気がついた。というか、すべてが消えていて代わりに至るところにクレーンが立っている。渋谷全体が工事中なのだ。明治通り沿いに原宿方面に向かって歩いていくと、宮下公園までが白いフェンスに囲われていた。恋さんは一方的に喋り続ける。

「ゴーストってどこにでもいるものなんだけど、街に取り憑いているものだから、街が変わろうとするとそれに反抗して凶暴化するんだよね」

山手線の高架をくぐって街の中心部に戻っていくと、左手にタワーレコードが見えてきた。

「久作くんの時代からずっとやっているお店だよね。ここはまだ頑張っているみたい」

ぼくは混乱したままパルコ方面への坂を登っていった。

坂を登りきると、その混乱は収まるどころかさらに増幅した。渋谷のサブ・カルチャーの源といえるパルコの建物が三つとも姿を消して、白いフェンスに囲まれていたからだ。こんな街は渋谷じゃない。悪夢のような未来をどうすれば変えられるのか、真剣に考えないと。通りの向こうに東急ハンズの看板が見えた。ちょっと歩けばノア渋谷に戻れる。早速、作戦会議だ。ぼくは彼女に言った。

「とりあえず店に戻ろう。これからどうするか考えるんだ」

でも恋さんの返事はぼくの希望を打ち砕くものだった。

「まだわからないの？　お店なんて存在しないんだって」

彼女は呆れ顔でうしろに素早く下がると、MDウォークマンもどきのシャッターを切り、こちらに腕を突き出して写されたばかりの画像を見せた。そこにはぼくがパルコ跡地の白いフェンスを背に立っているはずだった。でも写っていたのは白一色の光景だった。

「久作くんもゴーストなんだよ」

「冗談じゃない、こうして君と喋ってるじゃないか！」

「じゃあ今は西暦何年か知ってる？」

突然言われても思い出せない。でも大学を卒業した一九九六年から二年経っていることは確かだ。

「えーと、一九九八年だろ？」

「今は二〇一八年。あなたはゴーストだから時間感覚がないんだよ」

落ち着くんだ。仮に彼女が言う通り、ぼくがゴーストだったとすると、二年間のつもりで二二年間もレコードショップを切り盛りしていたことになる。そんな勤勉なゴーストがどこにいる？

「じゃあ、店のあの在庫は何なんだよ？　ゴーストがせっせとアナログレコードを仕入れて埃をはたいてジャンル分けして棚に並べて売っていたっていうのか？」

「だからワイルド・ハニービー・レコーズなんて、この世に存在しないんだって。ノア渋谷の三一三号室はただの倉庫部屋。本当だって主張するなら答えてほしいんだけど、レコードはどこからどんなタイミングで仕入れているの？　売り上げはどこの銀行口座に預けている？　いつ駒場のアパートに帰っているの？」

ぼくは何ひとつ思い出せなかった。咄嗟にノア渋谷の方に走り出そうとしたけど、恋さんがこちらに向けて右手を伸ばした途端、金縛りにあったみたいに動けなくなってしまった。

「あの店のすべてが、久作くんが作り出した幻影なの。それとよく口にしていたレコードショップもほぼぜんぶ。いまでは殆ど閉店しちゃっているからね。あなたが見ていたのは九〇年代で時間が止まった幻の渋谷の街。でもその幻影があまりにリアルだったせいで、作りだした本人まで、今はまだ九〇年代だって信じ込んでいたってわけ。わたしはそのことに気づいたから、わざわざ久作くんの好みじゃないセンター街に連れ出して効力を弱めたんだよ。で、駅の向こう側まで歩いたことで、ようやく本当の渋谷があなたにも見えてきたってわけ」

「じゃあ常連だったみんなは何？　君も含めて幻影なのか？」

「わたしは実在する人間だよ。でもわたし以外は久作くんも含めて全員ゴースト」

恋さんはノア渋谷の方角には向かわずに、右折して公園通りの坂を登っていく。ぼくはうなだれながら彼女についていくしかない。

「さっき、すり鉢状になっている所はゴーストが溜まりやすいって話したけど、あのマンションの近くでもそれが起こっていたわけ。ほらあのへんって窪んでいるでしょ」

レコード・ヴァレーのことだ。

「あそこで低周波みたいな鈍い音がどこからか聞こえてくるって苦情が、長年寄せられていたんだって。それがここ数年どんどん酷くなって、入院する人が何人も出て。調べてみたら発生源は三一三号室だった。でもただの倉庫部屋だから最初は原因がわからなくて。それで真相究明の依頼を受けたわたしの師匠からわたしに話が回ってきたってわけ」

「きみは何者なの？　霊媒師とか？」

「わたしはゴーストと話せたり、彼らが作った幻影を見れるってだけだよ。まあそれでお小遣いは貰っているけど」

ぼくはガッカリした。

「生前のぼくがどんな奴だったかまではわからないんだね」

「あ、ごめん。話していなかったけど、久作くんは死んではいないんだよね。本体は別の場所で生きてる。今のあなたは渋谷の土地に取り憑いた残留思念だから」

「残留思念？」

「人間が絶体絶命の時に強い想いを抱くと、それが実体化することがあるって知ってる？要するに生き霊。ほら『源氏物語』の六条御息所だっけ？　光源氏の浮気に怒ったら、その想いが実体化して浮気相手を殺しちゃった話があったでしょ」

アナログレコードが好きなだけのぼくが、怨念を抱くなんて信じられない。

「どんな強い想いを抱いたってわけ？　まさか宇田川町でレコードショップをオープンしたかったたって怨念とか？」

冗談を言うと、恋さんは「たぶんそれが正解」と言った。そして例のMDウォークマンもどきをしばらく操作すると、誰かのプロフィール写真みたいなものを見せてくれた。その写真の男はぼくと顔形はよく似ているけど、少し老けていて、少し太っていて、少し髪が薄かった。

「これが、師匠に調べてもらって突きとめた久作くんの本体。西原久作、一九七二年生まれだから今年四六歳だね。出身は群馬県の館林。久作くんは大学時代に東京に出てきてアナログレコードを買うことに夢中になってバイト先もレコードショップだった。その頃に夢見ていたのが、宇田川町でレコードショップを開くこと。お父さんは水道業者をやっていてわりとお金持ちだったから出資してもらえると思ったんだろうね。でも大学最後の年にそのお父さんが脳卒中で倒れてしまった。ひとりっ子のあなたは卒業後に地元に帰って家業を継がざるをえなくなった」

写真の中の本当のぼくは笑顔だったけど、その顔にはこれまで乗り越えてきた幾つものトラブルと、やりたくないことをやってきた苦しみが皺になって刻まれていた。こんな中年には絶対なりたくない。でもとても大人の表情をしていると思った。彼女は説明を続ける。

「本体の久作くんはその後結婚したけど今はバツイチ。最近は町おこし隊の活動に力を入れているみたい」

「今もレコードは集めているんだろ？」

「普通ならそういう趣味って地元に帰っても続けるものじゃん。でも久作くんって真面目な性格だったんだろうね。東京の部屋を引き払う日にレコードを全部売っちゃったみたい。それがマズかった。その時の残留思念が妄想のレコードショップを作ってノイズを撒き散らしちゃったわけだから」

「常連のみんなは？」

「それぞれのプライバシーもあるから詳しくは言えないよ。でも本体は全員、九〇年代に渋谷にあったレコードショップに強い思い入れがあった人たち。最初あの倉庫部屋に入った時はゴーストがうじゃうじゃ居てビビったもん。それをひとりひとり外に連れ出しては本当のことを教えて除霊していった。で、久作くんが最後のひとりってわけ」

常連客を外に連れ出していたのはそういう理由だったんだ。

「それにしても渋谷のレコードショップって盛り上がってたんだね。わたしヤマンバギャルとセンターGUYの除霊も定期的にやっているんだけど、ここまでパワーは強くないから」

恋さんは感心したように言った。ぼくは胸を張って言った。

「渋谷の街だけでアナログレコードの在庫が八〇万枚くらいあったんだ。質も量も世界一だったんだよ。この街に通うリスナーほどクリエイティブな奴らなんて、世界中どこを探したって他にいやしない」

でも恋さんの言葉は冷淡だった。

「あのー、それって久作くんがいつも言ってたことだよね。ずっと訊きたいと思っていたんだけど、珍しいアナログレコードを高いお金を出して買うのとクリエイティブな行為っていうのがイマイチ自分の中では繋がらないんだけど。クリエイティブって、ゼロから何かを生み出すことでしょ」

ぼくは何も言い返せなかった。長い沈黙のあと、逆に質問をしてみた。

「ぼくらがかけていた音楽は君にも聴こえていたんだよね？　あれ、どう思っていた？」

「うーん、ドトールにいるみたいだなって思ってた」

「ドトール？」

「ああいう曲って昼間のドトールでよく流れているから」

ぼくらはレアなラウンジのレコードを掘っては「最高だけど一歩間違うとこれって喫茶

店のＢＧＭだよねー」って笑いあっていた。それが二〇年後、本当の喫茶店のＢＧＭになってしまったのか。

「すっかりＣＤの時代になってしまったんだな」

「わたしの周りは誰もＣＤなんて買っていないよ。みんなこれで音楽を聴いてる」

恋さんはＭＤウォークマンもどきを顔の横にかざしてみせた。

その場で崩れ落ちそうになりながらも、ぼくは公園通りの坂を登りきると、あたりを見回した。するとそこにあるはずの渋谷公会堂がフェンスに囲まれている。ここに至ってようやく悟った。自分のような九〇年代のゴーストは、もはやこの街では生きていけないのだと。ぼくは恋さんに除霊される運命にあるんだ。何処で始末されるんだろうか？　すると彼女は意外なことを言った。

「えーと、ここでお別れ。ここまで来たら、あとは自然に行くべき方向に足が向かうはずだから。本当は最後まで送っていきたかったんだけど、これから下北沢で小劇場関係者の除霊の打ち合わせなんだよねー」

恋さんは少し悔しそうな顔でブツブツ言うと一転、笑顔になって

「じゃあね。色々話せて楽しかった」

リップサービスか何だかわからないことを言うと、彼女は手を振りながら笑顔で公園通

りの坂を駆け下りていった。

これからどうすればいいんだろう？　しばらく途方に暮れていると、これまでにない感覚が身体を襲ってきた。まるで荒縄を胴に巻き付けられて引っ張られているような感覚だ。それは恋さんのとは違う、もっと有無を言わさない悠然とした力だった。

左手にＮＨＫホール、右手に東京オリンピックのために建てられた国立代々木競技場が見える広い舗道の真ん中を、ぼくはまっすぐ奥へと引っ張られていった。その正面には、もとはオリンピックの選手村だった代々木公園が見えるけど、巨大な力はぼくに右に曲がるよう促した。坂道をしばらく下りていくと原宿駅の三角屋根が見えて来た。一瞬、原宿でレコードショップをオープンするヴィジョンが頭に浮かんけど、それはすぐにかき消された。表参道の行き止まりへと足が自然に向かっていったからだ。

ぼくは全てを理解した。表参道の名前の由来は、そこが明治神宮への参道だったからだ。そして明治神宮こそ、明治天皇の御霊を祀るために作られた東京随一のスピリチャル・スポット。ここでぼくは除霊されるのだ。ぼくの身体は、すでにクローズしている門をすり抜けて明治神宮の中へと導かれていった。

自分がこれまで集めてきたアナログレコードや、そこから受けた感動を全て失ってしまうことが今さらながら怖くなってきた。でももう別の選択肢は残されていない。鬱蒼とした樹木が左右に並ぶ広い参道の遠くの方には、ヒッピーからBボーイまで、各時代の渋谷の残留思念らしきゴーストがノロノロと歩いているのが見えた。

おそらく駅が地下化する以前は、渋谷に溜まったゴーストは全員、自然に明治神宮へと導かれて除霊されていたのだろう。だが駅の変化でそれが弱まってしまった。恋さんは、その力をサポートする役割を任されていたのだ。

やがて巨大な本殿が見えてくると、入り口部分の木のそばで小さな人影が手を振っているのが見えた。ぼくが一番会いたかった人、マリさんだ。アニエスbのスナップ・カーディガンにホワイトジーンズ。首にはいつものビッグミニを下げている。彼女はここに連れてこられてからもずっと、ぼくを待っていてくれたのだ。

「常連のみんなも一緒に待っていてくれたんだけど、わたし以外はシビレを切らして先に行っちゃって」

そう語るマリさんは、少しやつれた様子だった。きっと恋さんから本体についての残酷な真実を聞かされたのだろう。ぼくは彼女を慰めるつもりでテンション高めにこう言った。

「本体のぼくはバツイチで四六歳の水道業者だってさ。今より少しデブで少しハゲてる」

「わたしは母親の面倒を見るために地元に帰ってタウン紙の手伝いをやってる。それはいいんだけど三児の母だって。しかも全員男の子。サイテー。恋ちゃん、そこは本当のことを言わずに嘘ついてくれればいいのに！」

マリさんは無理やり笑顔を浮かべながらそう言った。ぼくも無理やり笑顔を浮かべながら彼女に声をかけた。

「じゃあ旅に出ようか」

ぼくと彼女は一緒にゆっくりと本堂へと近づいていった。ここまでくると早く始末してくれという気持ちになってくるから不思議だ。本堂はそれほどのオーラを放っていた。

「処刑人はどこにいるのかな」

マリさんは説明してくれた。

「遠くからずっと見ていたんだけど、あそこには誰もいないみたい。除霊はセルフ・サービス。みんな本堂の前に進んでいってお祈りすると次の瞬間、ふっと姿が消えちゃうの」

「何か決まったしきたりとかはある？」

「みんな適当にやっていたよ。矢口さんは南無阿弥陀仏って唱えていたし、ミカエルさんは十字を切っていた。沼水さんなんてスケボーに乗って叫びながら消えていったし。あの人らしかったな。でもここは神社だから、二拝二拍手一礼が多かったかな」

ぼくはマリさんに提案した。

「自由にやれるんならさ、拍手のところだけはぼくららしくやろうよ」

マリさんは「あ」と声を出したあと、了解という笑みを浮かべてくれた。

今この瞬間なら、「レア盤を高いお金を出して買うのとクリエイティブな行為が繋がらない」という恋さんの疑問に答えることが出来る。

確かにクリエイティブではなかったかもしれない。でもぼくらなりに真剣だった。ぼくらの世代は高校時代にバブル崩壊を迎えて、大学にいる間には阪神大震災とオウム事件が起きた。就職氷河期のせいで就職もうまくいかなかった。親たちが信じている常識はもう通用しなくなっていて、世界は悪くなる一方だってわかっていたんだ。だからせめて結婚だとか子育てだとか親の介護だとか人生の深刻な問題が目の前に迫ってくるまでは、自分たちが見つけた自分たちだけのヒット曲で、無責任でいられる時間を祝福したかったのだ。そんな強い気持ちが、すり鉢状のあの場所に集まって、期間限定のマジックキングダムを作り上げたのだ。

ぼくとマリさんは本堂の前で二回お辞儀をしたあと、手拍子を打った。そう、「ウッパ・ネギーニョ」のブレイク部分のあの譜割で。

「パパパ・パンパンパンパン・パパパパン」

こうしてぼくらは永遠にこの世から消えたのだった。

第二話

スケアリー・モンスターズ

豊洲

そこには信じられないくらい深くて大きな穴がぽっかりと開いていて、今にも噴き上がってきそうなマグマがグツグツと燃えたぎっていた。活火山の話をしているのではない。信じられないかもしれないけど、これは今まさに江東区の豊洲で起きている現実の出来事なのだ。

たった一時間前には、こんなものを目にするなんて想像もしていなかった。そのときは別のものに目が眩んでいたのだけど。

わたしの目を眩ませていたのは窓の外で星のように煌めく、東京タワーや東京スカイツリー、レインボーブリッジ、そして数え切れないほどの高層ビルの光だった。四五階建の超高層タワーマンション、ザ・カナルタワー豊洲の最上階にあるパーティ・ルームだからこそ体験できる夜景だ。

毎月のようにその景色を見てはいたけど、このときは雨上がりの夜空だったので特別きれいに見えた。上の階の住人はこんな夜景を毎晩見ているんだろうな。でもこんな景色が日常になったら、自分が特別な力を持っているって勘違いしちゃうかも。そんなことをぼんやり考えていたら、いかにもそういう勘違いをしていそうなオジさんから声をかけられた。

「偉いよなー。うちの子も一六歳だけどこんなこと絶対やらないよ」

あー、そりゃ上の階に住んでいるような子は絶対やらないよね。くすんだオレンジ色のエプロンを首からかけて、三〇本以上のペットボトルを一箇所に集めて、飲み残しをシンクに流して、ボトルに張り付いた薄いラベルを爪で剥がして、潰したペットボトルとキャップを別々のゴミ袋にいれて、ついでに誰かが勝手に持ち込んできたポテチの袋に溜まった残りカスを生ゴミ専用のゴミ箱に捨てて、テーブルを濡れタオルで拭き掃除するなんてことは。

このパーティ・ルームでは、毎月最終日曜の夕方にマンション管理組合の理事会が開かれていて、住民の代表がいろんな話し合いをしている。理事の人たちが飲むドリンクは、マンションの一階にあるうちのコンビニで買ってくれることになっていた。それ自体は店のオーナーの娘としてはとてもありがたい。でも父さんが理事たちに感謝のついでに言った言葉は明らかに余計だった。

「片づけもこっちでしますよ」

日曜日の夜だけ管理会社が休みなので、パーティ・ルームを掃除してくれる人がいなかった。理事の人たちが困っていたところに父さんがそんなことを言ったせいで、我が家が片づけを行なうことになってしまったのだ。

アルバイトの人たちに店以外の仕事をやらせるわけにはいかないので、最初は父さんが自分でやっていたけど、いつのまにかわたしの仕事になってしまった。おかげで週末なのに外で遊べない。マジで勘弁してほしい。

「ヒナちゃんはまだ高一なのにしっかりしているよな。ほんと感心するよ」

一刻も早くここから立ち去りたくて猛スピードで作業するわたしに向かって別の勘違いしたオジさんが声をかけてくる。たしか美容院を幾つも経営している矢口さんとかいう人だ。むかつく。日菜子という名前から気安く〝子〟を抜くな。それ以上にむかつくのは、素直に感心しているというより、貴族がメイドを褒めているときのような口調だってこと。『ダウントン・アビー』を毎週欠かさず観ていたから、その違いが分かる。あの番組でいえばわたしはさしずめ料理人のパットモアさんの下で細々とした雑用をしているデイジーってところかな。

あ、マズい。こうしている間にいつもの幻がわたしを襲ってきた。きちんとした身なりの大人たちがわたしを取り囲んで、「天使のようにかわいい」「こんなかわいい子、見たことない」とひたすら褒め続けてくれるというヴィジョンだ。ここ最近その幻がときおり浮かんでは、わたしを混乱させていた。もしかするとストレスのあまり、頭がおかしくなってしまったのかも。そうだ、カモメ先生に相談してみよう。どうせ父さんはお店に出ているし、母さんは別の場所で夜のパートだ。

わたしはゴミ袋をダスト・シューターに放り込むと、非常階段を駆け降りてカモメ先生が住む四四四号室へと向かった。先生はスマホを持っていないので、アポなしで部屋に押しかけて確認した方が話が早いのだ。

インターホンのボタンを押すと、カモメ先生がドアが開けてくれた。もう夜だというのに寝癖頭のままだ。ドアの隙間から見える部屋の壁という壁は古い本で埋め尽くされていて、北東に向いた窓はカーテンに覆われっぱなし。カーテンレールからは魔除けみたいなものがブラブラとぶら下がっている。でも慣れてしまえば妙に落ち着くこの部屋に入り浸っては、わたしは先生に部活や気になる男子についての話を聞いてもらっていた。

「ああ、日菜子ちゃん」

わたしをちゃんとした名前で呼んでくれるのが先生のいいところだ。

「先生、ちょっと話を聞いてもらえますか」

「あー、ごめん。ちょうどこれから仕事に行くところだったの」

カモメ先生はそう言いながらも、わたしが真剣な顔をしていたからか、「歩きながらなら話せるよ」と言ってくれた。

先生が外に出てきた。髪をうしろで雑に縛って毛羽立ったグレーのパーカーを着ている。ボトムは色あせたスリムジーンズ。こんな浪人生みたいな格好をやめて、もう少しお化粧をすれば美女として通用するのに。まあ、わたしも他人のことをとやかく言えないけど。というわけで、お洒落さと無縁の女子コンビは、タイルカーペットが敷かれた薄暗い内廊下の先にあるエレベーターに乗り、一階まで降りていった。

カモメ先生こと囲間鴎《かこいまかもめ》さんと最初に会ったのは四年前。小五の三学期のときだ。産休に入った担任の先生の代わりにやってきたのが彼女だった。大学を出てすぐの頃は建設会社で働いていたと話していたし、「あなたたちと違って昭和育ちの私はねー」が口癖だったので、その頃すでにアラサーだったはずだ。でも見た目はまるで女子高生のようだったので、最初は男子が熱を上げて大騒ぎしていた。しかし五年三組のときの仲間でいまだに話題にのぼるのは、彼女の外見ではなく授業内容の方だ。

授業になると先生は、机と椅子を隅っこに寄せて、自分を中心にみんなを体育座りさせて、教科書には書かれていない話ばかりをした。フリーメイソン、ケネディ大統領暗殺の犯人、そして国際勝共連合。私立中学を目指していたマジメな子に「それ受験とどう関係あるんですか?」と訊かれるとカモメ先生はいつも微笑みながらこう答えた。

「すべては繋がっているの」

そして授業の最後になると、必ずこの言葉を口にした。

「みんな、お願いだからこの街を愛して」

不思議だったのは、親たちから相当な抗議があったにもかかわらず、先生の授業内容が一切改められなかったことだ。校長先生からは注意されるどころか、敬語で話しかけられているのを見た子さえいた。数々の伝説を残してカモメ先生は、わたしたちの進級とともに学校から姿を消したのだった。

伝説のカモメ先生に偶然再会したのは去年の秋のことだった。マンションの一階にあるラウンジの前を通り過ぎようとしたとき、「囲間先生」という言葉が聞こえたのだ。そんな名字のひと、他にいるわけがない。声がする方向に目を向けると、ラウンジの黒い革張りのソファーに座ったカモメ先生が、重々しい雰囲気の人たちと真剣そうに打ち合わせをしていた。目があった途端、先生はすぐにわたしを思い出してくれた。先生は四四階の1LDKに引っ越してきたばかりで、いまは学校では教えていないと言う。だから先生がこれから出かける仕事とは何なのか、さっぱり分からなかった。

エレベーターを降りると先生はメインエントランスではなく豊洲運河に面したサブエントランスから外に出ていった。わたしは慌ててついていったけど、うちの店の前を通らなければいけなくなったので、父さんに見られやしないかヒヤヒヤした。

運河沿いの遊歩道に面したわたしたち常盤家のお店「トキワ」は、どこの大手チェーンにも属していない小さなコンビニだ。自動車通行禁止の遊歩道はジョギングする人や赤ちゃん連れや犬の散歩をする人しか使わないので、三大売れ筋商品はスポーツドリンクとオムツ、そしてドッグフードだった。その三品だけやたらと多くの種類を扱っているお店の真上にあたる二階の2LDKでわたしたち一家は暮らしていた。こうしたシチュエーションが、タワーマンション住み込みの召使いっぽい感じをさらに強調していた。

「ねえ、何でこんなところでお店をやっているの？」って訊いたこともある。でもその質問をすると、父さんも母さんもきまって不機嫌な顔をして黙り込んでしまうのだった。

カモメ先生は、遊歩道のところどころに残る水たまりを器用に避けながら、運河沿いを歩き始めた。運河というとロマンチックっぽいけど、向こう岸に見えるのは古いマンションや倉庫ばかりだ。

「それで話って何かな？」

カモメ先生が訊いてくれたので、わたしは自分の幻影について話し始めた。

「ほら、うちのマンションって階級社会じゃないですか。部屋が広くて高い階に住んでいる人ほどエライっていう。それは豊洲のどのタワーマンションも同じだと思うけど、ザ・

カナルタワー豊洲にはさらにその下の階級にわたしたちがいて……」

「日菜子ちゃん、上とか下って考えはよくないよ。ネガティブな感情は運気を呼び込まないって、前に話したよね？」

「そのせいでわたし、頭がおかしくなっちゃったみたいで。最近大人たちからお姫様みたいにチヤホヤされている幻を見るようになっちゃったんです」

「へえ。その大人たちって知っている人？」

「会ったこともない人たち。なぜかみんなスーツを着ているんです」

カモメ先生は黙り込むと、枝川に渡る橋のたもとで右に曲がって駅の方角へと歩き出した。歩きながら考え事をしているようでもあり、何かに精神集中しているようでもあった。これから仕事に行かなきゃいけない人に自分の妄想を話して迷惑をかけてしまった。大通りの向かい側にセブンイレブンが見えてきたので、わたしは話題を変えてみた。

「先生、知ってますか？　あのセブンイレブンが日本の第一号店なんだよ」

「そうなんだ」

「最初はうちに第一号店になってほしいって誘いが来たんだって。でもおじいちゃんがアメリカ発祥のチェーンとは組めないって断っちゃった。話を受けていればうちも今頃お金持ちだったかもしれないのに」

「日菜子ちゃんちって、けっこう昔から豊洲に住んでいたんだね」

「ずっと昔からだよ。ひいおばあちゃんが子どもの頃に越してきたんだって」

カモメ先生はしばらく考え込むと、わたしを見て言った。

「日菜子ちゃん、あなたの見ているものはただの幻影ではないと思う」

わたしたちは交差点を渡って豊洲駅の前にたどり着いた。てっきりここでお別れだと思ったけど、カモメ先生は有楽町線にもゆりかもめにも乗らずに、駅の向こう側に広がる豊洲公園へと歩いていく。ここは運河に向かって視界が広がっているので、平日の昼間は賑わっているけれど、日曜の夜は閑散としていた。カモメ先生は公園の向こう側に見える大きな黒い影を指差した。

「あれ、何か分かる?」

「造船場のクレーンですよね」

「正解。ここはＩＨＩの造船場だったの。その跡地にららぽーとのショッピングモールが出来た。だからわざとあんなものを残してアーバンドック豊洲ららぽーとなんて名前を付けている。私の推理だけど、もしかすると第二次大戦中にあなたのおじいさまの家は空襲で全焼したんじゃないかしら。アメリカ軍は、造船場を徹底的に破壊しようと豊洲全域を爆撃したはずだから」

先生はおじいちゃんのアメリカ嫌いの秘密を解き明かすと、公園から運河に沿って奥へと伸びる遊歩道を歩き出した。たて続けに運河沿いを歩かされたことで、わたしは豊洲って島なんだなとあらためて実感した。運河の右手の向こう岸には晴海のタワーマンションが幾つも見える。そのどれも最上階は王冠のように光り輝いていた。きっとあそこにパーティ・ルームがあるのだろう。そこにもわたしみたいに後片づけをしている女の子がいるのだろうか。

「推理を続けるね」

カモメ先生は向こう岸を眺めながら話し始めた。

「日菜子ちゃんのひいおばあさまが子どもの頃って、たぶん大正時代の終わり頃ね。それって豊洲が埋め立てが始まった時期なの。あなたのご先祖は、豊洲に造船場が作られる計画を聞きつけて、出来たばかりのこの島に引っ越して来たんじゃないかな。そしてここで働く人たち相手に商売を始めた。第二次大戦後に造船業は国家産業になったし、私たちが今こうして歩いている豊洲六丁目には火力発電所や都市ガスの製造工場も作られたから、豊洲は工業の街としてとても栄えたの」

「そういえばうちも昔は何軒もお店をやっていたって話を聞いたことがあります」

「五〇～六〇年代の豊洲はすごかったはずよ。『リオの若大将』で若大将もＩＨＩに就職していたしね」

先生はたまにわたしによく分からないことを嬉しそうに喋ることがある。

「でもだんだんと東京の真ん中で船を作ることは難しくなっていった。ついに二〇〇三年に造船場は閉鎖されて工場街は姿を決してしまった」

わたしが生まれた頃の話だ。

「その跡地に私たちが住んでいるようなタワーマンションが建っていったの。その頃あなたのご家族は今マンションが立っている土地の一部を持っていて、そこでお店をやっていたんじゃないかな」

物心がついたときにはもう今のマンションに住んでいたから分からない。

「あなたのお父さんたちは最初ものすごく抵抗したはず。ご先祖が持っていた土地だからね。でも不動産会社はタワーマンションを建てるためにはどうしてもあなたの一家の土地が必要だった。だから社員たちは毎日のようにあなたの家にやってきたはず。幻影に出てくる日菜子ちゃんを可愛がっていた大人って、不動産会社の人だったんじゃないかな」

妄想ではなくて微かな記憶だったんだ。でも別の疑問が浮かんできた。

「それだとうちが不動産会社に土地を売ったって話になりますよね？　なのにうちは元々の場所から動いていないし、お金もあんまり無いのは何でなんだろう」

「自分が持っている土地の価値をお金に換算して、マンションの一部と交換する等価交換っていうシステムがあるの。先祖代々の店を移転したくなかった日菜子ちゃんのお父さんは、土地を売ってお金に替えることよりもそちらを選んだんだろうね」

「じゃあ人通りがない方角にお店があるのはどうしてなのかな？」

「不動産会社にとっては契約してしまえばこっちのもの。お店を建築計画の邪魔にならない位置に移動してしまったんじゃないかな」

お父さんとお母さんは不動産会社に言いくるめられちゃったんだ。これであまり店のことを話したがらない理由が分かった。

首都高晴海線が通る大きな橋まで辿り着くと、カモメ先生は遊歩道から外れて左手の岸辺を登り始めた。先生のあとを追って階段を登っていくと、ライブハウスの豊洲ＰＩＴの屋根が見えてきた。ということは、ゆりかもめの新豊洲駅のそばだ。わたしは、わざわざ話を聞くために一駅分余計に歩いてくれたカモメ先生に心の底から感謝した。

ところが先生は、新豊洲駅への階段を登らずに、そのまま大通りを渡っていってしまった。その先にあるのはまだ開業していない豊洲市場だ。先生が門の前に立つと、警備会社の制服を着た人たちがわらわらと飛び出してきて、直立不動で並んだ。

「囲間先生、お待ちしておりました」

「こんばんは。今回は助手を連れてきましたの」

自分がエプロンをしたままなことに気がついた。たしかに格好が助手っぽい。先生は、わたしにセキュリティから入門カードを受け取るよう目配せした。

「今晩は特別に私の仕事を見せてあげる」

先生は日曜夜の市場で何をやるんだろう？　魚を捌くとか？

「何をやるんですか？」

「見れば分かるよ。それにこの仕事は、あなたとも深い関係があることだから」

「わたしとですか？」

カモメ先生は微笑んで授業の決め台詞を口にした。

「すべては繋がっているの」

先生とわたしは三重になっているセキュリティを次々くぐり抜けると、有明側の運河に面してぽつんと立つ小さな倉庫のエレベーターに乗り込んだ。途端にものすごい重力が体にかかってきた。どうやらエレベーターは高速で地下深く降りていっているようだ。

扉が開くと、そこは正面に大きなガラス窓が嵌め込まれた四畳半くらいの小さな部屋だった。灯りがついていないのに、ほんのり明るい。よく見るとガラス窓の一部は扉になっていて、そこから外に出られるようだ。

わたしは窓から外の景色を覗いてみた。そこには信じられないくらい深くて大きな穴がぽっかりと開いていて、今にも噴き上がってきそうなマグマがグツグツと燃えたぎっていた。活火山の話をしているのではない。信じられないかもしれないけど、これは今まさに江東区の豊洲で起きている現実の出来事なのだ。

「いい？　あなたは絶対ここから出ないでね」

そう言うと、カモメ先生は分厚いガラス扉を押し開いてバルコニーへと出ていった。

すると、途端に地響きがしてきて目の前が真っ赤になった。マグマが噴き上がってきたのだ。やがてマグマは姿を変えると恐ろしいモンスターのような形になり、さらにそれが幾つにも分裂し始めた。一匹の顔だけで先生の身長くらいの大きさがある。奴らは更に無数に分かれると、巨大な地下空間を埋め尽くした。

そりゃマグマのモンスターにもビックリしたけど、それ以上に驚いたのはカモメ先生がこんな状況なのに平然としていたことだ。窓のガラス越しなので何を言っているかは聞こえなかったけど、先生は瞬きもせずにモンスターたちを睨みつけて呪文のようなものを唱えている。でもモンスターたちの勢いは止まらない。遂にマグマは先生の姿を覆い尽くしてしまった。

わたしはパニくってしまい、泣き喚いて窓ガラスを叩きまくった。泣きすぎたせいか疲れてそのまま床にへたへたと座り込んでしまった。でもどのくらい経ってからだろう。赤い炎の中から白い光のようなものが溢れてくると、モンスターの勢いは徐々に弱まり、奴らは地下へと逃れるように消えてしまった。途端にあたりは真っ暗になった。

やがてカモメ先生がバルコニーから部屋へと戻ってきた。疲れ切った顔をしていたけど、何故かちょっと楽しそうでもある。

「先生、大丈夫？」

声をかけると
「これが私の仕事なんだよね。このために豊洲に越してきたの」

「モンスター退治が仕事なんですか？」

「退治まではとても無理。かろうじて鎮めているだけ。ずっと監視をしてくれている警備会社がモンスターが暴れそうだって判断すると、私が呼ばれてこうしているわけ。よくマスコミが地下の有害物質について報道しているじゃない？　でも本当に有害なのはこっちの方なの」

「何であんなモンスターが地下に住んでいるんですか？　ここは豊洲ですよ？」

先生は真面目な顔をして言った。

「豊洲だから住んでいるの」

意味が分からない。カモメ先生が授業の時みたいな口調で言う。

「豊洲は、月島や晴海みたいな他の東京の埋立地とは成り立ちが違うから。どう違うか分かるかな」

「豊洲だけ江東区ですよね？」

「それは関係ない。月島や晴海は、山の土や川の砂利で埋め立てているけど、豊洲は別のもので埋め立てられている」

「別のもの？」

「ヒントを言うね。豊洲の埋め立ては一九二三年から始まりました。一九二三年に東京で何が起きたでしょう？」

「もしかすると……関東大震災？」

「正解。豊洲は関東大震災の瓦礫を埋め立てて作られたの。残留思念って知ってる？」

「ざんりゅうしねん？」

「人が強い想いを残したとき、そのエネルギーが物質に取り憑くの。震災の瓦礫には大勢の犠牲者の強い残留思念が取り憑いている。それだけじゃない。この市場がある豊洲六丁目の埋め立ては一九四七年から開始されているの。一九四七年っていつか分かるかな？」

「えーと、第二次大戦の直後ですよね？」

「それが分かれば分かるよね？　埋め立てに何が使われたのか」

アメリカ軍の空襲で出来た瓦礫だ。

「この場所には、震災と空襲の犠牲者の残留思念が二重に集められているの。初期段階では残留思念はゴーストって呼ばれる普通の人には目に見えないレベルのもので、さほど悪さはしない。でもそれが集まって悪質化するとこんな風にモンスターになってしまう」

先生はエレベーターを呼ぶと、わたしを招き入れて一緒に地上へと登っていった。

扉が開くと、警備会社の人たちが心配そうな顔をして大勢待ちかまえていた。

「囲間先生、お怪我はありませんか？」

「大丈夫です。今夜の感じなら来月末までは落ち着くと思います。ごきげんよう」

深々とお辞儀をする警備会社の人たちにカモメ先生は軽く会釈した。その姿はまるで『ダウントン・アビー』のメアリー様のようだった。豊洲市場の門を出ると、あたりはしんと静まり返っていて、さっきまで地下で壮絶なバトルが繰り広げられていたなんてとても信じられない。

「先生って霊能力者なんですね？　すごい！」

「たまたま先祖代々、変な力を受け継いでいるせいで、こういう仕事をやっているだけ。日菜子ちゃんのところと事情は同じだよ」

全然同じじゃない。

「いまから二〇年くらい前かな。豊洲市場の建設のためにボーリング調査を行なったとき、地下に巨大な生き物が潜んでいることが発見されたの。そこで、そのころはまだ元気だった私の父親がアドバイスを求められた」

「カモメ先生のお父さんもこういう仕事をやっていたんですね？」

「まあそんなところ。父は市場の北東側に大仏を建てろってアドバイスしたの。北東は邪気が流れ込んでくる鬼門の方角だから、スピリチャルなものを建てて悪質化を防ごうとしたわけ。大仏には最上級のスピリチャルなパワーがあるから。でもそれは無理って言われてしまった」

そりゃ、そうだ。お寺がたくさんある門前仲町ならまだしも、豊洲にいきなり大仏なんか建てたら怪しすぎる。

「大仏以外の対策を懇願された父は仕方なく代案を建てた」

「代案？」

「大仏がダメなら巨大な卒塔婆を幾つも建ててほしい。そうすれば魔除けになるから大丈夫って」

「そとば？」

「お寺にいくと墓石の周りに長い木の板が幾つも刺さっているでしょ？　あれを卒塔婆っていうの」

「そんなもの豊洲にはないじゃないですか」

先生はわたしに微笑むと
「あっちが北東側。よく見て」と言った。

カモメ先生が指差した先には、ザ・カナルタワー豊洲が建っていた。その横には豊洲運河沿いに等間隔で幾つものタワーマンションが並んでいる。その形は卒塔婆そのものだった。わたしたちは魔除けの中に住んでいたんだ。

「父の進言で、造船所の跡地周辺に複数のタワーマンションを建てて、卒塔婆を代用する計画が進められた。政府からの命令で不動産会社は必死に動いたから、土地の買収は強引だったんだろうなって思ってはいたけど、日菜子ちゃんの家も犠牲者だったんだね。だからあなたが色んなイヤな想いをしているのも全部私の父親のせいなの」

だから先生はわたしだけに秘密を教えてくれたんだ。でもとても怒る気になんかなれない。

「べつにいいよ、先生。お父さんの代になってから商売はずっとうまく行っていないみたいだし、お金を貰わずに等価交換だっけ？　そっちを選んだのはウチの責任だから」

「ほんとうにごめんなさい。だけどマンションのおかげでモンスターの勢いが少しおさまっているのは確かなの。卒塔婆が無かったら東京はどうなっていたかわからない」

「でも先生のお父さんが言った通りにはならなかったのはどうしてなんですか？　モンスターは定期的に暴れて、先生がそのたびに働いているんですよね」

「父親が大丈夫だなんて安請け合いしちゃったからね」

スケールは全然違うけど、カモメ先生もわたしと同じように父さんの失言の尻拭いをさせられているんだな。

「私の父は計算違いしていたんだよね。卒塔婆に住む人たちがみんな豊洲を愛していることを前提に大丈夫って断言してしまった。でも実際はそうではないのは日菜子ちゃんも知っているでしょう？」

その通りだ。うちのマンションに住む人たちの多くは、何となくイメージがよくて通勤の便が良いからという理由でよそから豊洲に越してきた新しい住人たちだ。自動車が足立ナンバーなのをやたらと嫌っていて、月島と晴海が品川ナンバーなことを羨ましがっている。東雲のイオンが二四時間営業なのは、イオンで買い物しているのを見られるのを恐れる豊洲のタワーマンション住民が、人気のない深夜を狙ってやって来るからだなんて都市伝説があるくらいだ。

「豊洲市場の北東側にネガティブな感情が漂っているせいで、地下の残留思念が鎮まらないでいるの」

「ということは、これからもモンスターは暴れ続けるんですか？」

先生は言った。

「豊洲を心から愛してくれている地元出身の子どもたちがもっと増えれば、姿を消していくと思う。日菜子ちゃんみたいな」

「わたしが豊洲を愛している？」

「そういう子を増やすために、私はたまに小学校で教えているんだよね。でもこれまで教えてきて、あなたほど豊洲を愛している子はなかなかいないなって思った」

先生とは新豊洲駅の改札をくぐってホームへと辿り着いた。てっきりこのままふたりで豊洲に帰るのかと思ったら、先生は反対方向の電車に乗るらしい。

「私は今晩はもうひとつ仕事があるから。日菜子ちゃんは先に帰って」

「えっ、別の場所にもモンスターがいるんですか？」

「これは、あなたとは無関係だからくわしいことは言えないんだけど、お台場の某テレビ局の地下にいるんだよね。大仏を建ててってあれほどお願いしたのに、途中で話がどう変わったのかガンダムなんか置いちゃったせいでトンでもないことに……」

先生はブツブツひとりごとを言って、やってきた上り方面のゆりかもめに乗りこむと去っていった。

わたしは五分ほど遅れてやってきた下り方面のゆりかもめに乗って一駅先で降りた。終点、豊洲。

カモメ先生は授業の最後にいつも言っていた。

「みんな、お願いだからこの街を愛して」

わたしは豊洲を愛しているのだろうか。愛って、好きより強い気持ちだよね。ほかの街に住んだことがないからよく分からない。でも近所を歩いていると、たまに胸がきゅっと締め付けられるときがある。ママチャリのペダルを必死に漕ぐ母親の後部座席で足をブラブラさせている子どもや、ドッグランを張り切って駆け回る犬を見たときとか、建物と建物の間を吹き抜ける風に潮の香りがしたときとか。それはパーティ・ルームからの夜景とは違ってゴージャスでも何でもないかもしれないけど、わたしにとってはとても大切な瞬間だ。

それにしても今夜は大変なものを見てしまった。これを秘密にしてこれから生きていかなければいけないと思うと、途端に喉が渇いてきた。スポーツドリンクを飲みたくなったけど、自動販売機で買ったのがバレたら親から怒られる。スポーツドリンクなら一二種類揃っている「トキワ」で買わなきゃ。そう思い立つとわたしは、自分にとって我が家と呼べるたったひとつの場所を目指して歩き始めた。

第三話

ゴーイング・アンダーグラウンド

八重洲

金曜の朝六時、八重洲地下街。俺はいつものように、地下街北側の隅にあるトイレの鏡で自分の姿を下から上に向かって確認していた。

シューズは、マドラスメンズセレクションのブラウンのタッセルローファー。ブレフでオーダーしたチャコール・グレーのスーツは昨晩白洋舎から受け取ったばかりなので、アイロンがピシッと効いている。タカキュー製のネイビーのネクタイが結ばれているのは、トウキョウシャツコレクションのワイドカラーの白いYシャツだ。胸元からはロクシタンのセドラ オム オードトワレの香りがほんのり漂っている。アラフィフのビジネス・パーソンにしてはくたびれていない、と思う。

仕事道具が収められたエースのアタッシュケースを手に取ると、蛍光灯の無機的な光で照らされた通りへと繰り出す。証明写真コーナーの前を通り過ぎる。少し前まではここで撮った写真を、ステーショナリー45で買った履歴書に貼り付けて、郵便局からせっせと送ったものだった。どこの会社からも面接には呼ばれなかったので、じきに止めてしまったが。でもそんなことはもうどうだっていい。今の俺は絶好調なのだから。

東京駅地下のこの巨大な地下街に張りめぐらされた通りにはそれぞれ名前がある。そのひとつ、外堀地下二番通りを南側に進んで、メインアベニューを経由すると、今度は八重洲地下一番通りを東へと向かう。

地下街で一番早く朝を迎えるのはこの東側のエリアだ。ここにあるスターバックスとアロマ珈琲だけが、朝六時三〇分にオープンするからだ。俺の行きつけはアロマ珈琲の方。人間、齢を重ねて行くと、年季の入った空間の方がより落ち着くようになっていく。

昭和四五年の開業時から変わっていないであろう木製の扉を開けて、地下にもかかわらず階段でさらに下りて店内へと入る。ウッディな内装が心地よい。開店してまだ数分しか経っていないのにうっすらと煙草の香りが漂っている。すでに何人か客がいる。みんな俺と同年代か年上の男たちだ。

ウェイターにモーニング・セットを注文する。コーヒーからはカフェインを、バター、苺ジャム、あんこを代わる代わる塗ったトーストからは糖分を、ゆで卵からはプロテインを吸収する。頭に栄養がいきわたっていく。戦闘開始だ。

アタッシュケースからキタムラで買ったダイナブックを取り出す。電源スイッチをオンして地下街のフリー Wi-Fi「Yaechika_Free」にネットを繋ぎ、現在の資産をチェックする。NZドル／円の予想がまたしても当たった。自己資産は昨日比で六二万円増、トータルで九二〇〇万円を突破した。日経平均とNYダウをチェックする。日経新聞とウォール・ストリートジャーナルのサイトを斜め読みしながら、証券取引所オープン後のチャート予想と留意点をフランクリン・プランナーに書き出す。そうこうしているうちに、店の中がだんだん混んできた。

気がつくといつのまにか若い女が左横に座っていることに気がついた。どこかで見た顔だ。すると俺の視線に気がついたのか、女がこちらを振り向いた。思わず「ダメちゃん」と口から言葉が出かけたのを誤魔化して慌てて「だぁ、雨ちゃん」と言い直した。

「平さん。おひさしぶりです」

囲間雨《かこいまあめ》は営業三課の責任者だった俺のことを覚えてくれていたようだった。

雨ちゃんが三年前の春に我が第一機械工業に入社してきたときは、社内で大変な噂になったものだ。うちの会社は事務職の女性を全員派遣に切り替えてすでに何年も経っていたのだが、彼女は会長の一存でコネ入社してきた。

肌が透き通るように白く、黒く大きな瞳をキラキラさせた細身の彼女はいかにも旧家の箱入り娘という感じで、入社の挨拶にうちの部署にやってきたときは、若い連中からどよめきの声があがったものだった。

しかし彼女の栄光は長く続かなかった。世間知らずの雨ちゃんは、OLのことをお茶出しをして昼休みに屋上でバレーボールをしていれば給料がもらえる仕事と勘違いしていたようだ。しかもこれまで一回もアルバイトをしたことがなかったので接客はでたらめ。事務作業はとてつもなく遅く、不正確だった。

困りはてた会社上層部は、彼女のために特別なポジションをこしらえた。総務部広報課ネット担当。一見華やかそうだが、要はホームページに寄せられた問い合わせを、関係部署にメールで転送するだけの仕事だ。しかし雨ちゃんはそれすらもしょっちゅう間違えて社内を混乱に陥れていた。やがて彼女はこっそり〝ダメちゃん〟というあだ名で呼ばれるようになったのだった。

とはいうものの、見た目だけなら、彼女は超絶可愛い丸の内ＯＬである。顔が整いすぎているせいでアンドロイドがＯＬのコスプレをしているように見えなくもなかったけれど。

自分の息子とさほど歳が変わらない彼女にみとれてしまった気まずさも手伝って、俺は笑顔で彼女に話しかけた。

「雨ちゃん、元気？　朝めちゃくちゃ早いね。会社は丸の内側《むこう》なのに何でこんなところにいるの？」

「沼水さんってご存知ですよね。四月からあの人が総務部長になったんです。そうしたら営業職が実質七時半出社だから、総務部もその時間には会社に出てくるべきだって言い出して」

俺の宿敵だった同期の名が出てきた。いかにもあいつが提案しそうな、くだらないアイディアだ。

「わたしも早出するようになって、こっちに着いてから朝食を食べるようになったんです。でも丸の内側のスタバって、会社の人とよく会っちゃうから落ちつかなくて。だからこの地下街のお店の方で食べるようになったんですけど、今朝行ったら沼水さんがこちらにいるのが見えて。それで思わずこっちに来ちゃったんです」

「俺は毎朝この時間はこの店なんだよね」

「お住まいは辰巳でしたっけ。今もあそこから通われているんですか？」

「ああ。今朝も有楽町駅からここまで地下道を歩いてきた」

「有楽町から？」

「あれ、知らないんだ。東京駅と大手町、二重橋、日比谷、有楽町、銀座、東銀座ってぜんぶ地下で繋がっているんだよね。みんな地下鉄の乗り換えには苦労しているけどさ、実は歩いて行けちゃうっていう。有楽町線からここに行く方法を教えようか。有楽町駅にビックカメラに面した地下改札があるんだけど、そこから国際フォーラムの建物内に入るわけ。あの建物には反対側にも出入り口があって、その先から壁がレンガ貼りの地下道が伸びているんだ。そこがちょうど三菱一号館やＫＩＴＴＥの地下にあたり、そこからひたすら歩いていくと東京駅の丸の内南口の地下に辿り着ける。うちの会社の地下出入口のすぐそばだね。あとは丸の内北口まで北上して、八重洲側への自由通路、大丸の地下と通り抜けてここまで来ればいい」

「今のお勤め先は八重洲なんですか？」

雨ちゃんが自分の席にきたトーストを両手で持って頬張りながら尋ねてくる。取り繕うのは簡単だ。でも今日はなんだか機嫌がいい。雨ちゃんを驚かせたくなった。もし彼女が噂を広めたとしても会社の人間は信じないだろう。

「勤め先はここなんだ」

「え？」

「家族には会社を辞めたことは言っていない。じつは毎朝ここまで通ってデイトレをやって稼いでいるんだ。沼水との一件で再就職が難しくなっちゃったしね。でも今ではあいつに感謝したい気持ちだよ。ここでデイトレを始めてみたら連戦連勝なんだ」

俺はダイナブックのディスプレイに映し出された自分のトータル資産額を雨ちゃんに見せた。予想通り彼女が驚いてくれたのでニンマリする。

「もうじき億り人なんだよね」

「一日中、ここにいらっしゃるんですか？」

「そう、いればいるほど運が向いてくるから、ふたつの願かけをするようになったんだ。ひとつめは、自分の持ちものはぜんぶこの地下街で買うこと。ふたつめは絶対地上には出ないこと」

「そんなこと可能なんですか？」

「半ばシャレだったけど、やってみると快適でさ。すぐそばにあるエリックサウスって知ってる？　地下街なのに本格的な南インドのカレーが食べれるんだ。カーブ・ド・オイスターの牡蠣も絶品だし。すぐ先には大丸のデパ地下があるし、東京ラーメンストリートでは日本中のラーメンを食べ比べられる。それにさっきも言った通り、銀座まで地下で繋がっているから三越やＧＩＮＺＡ　ＳＩＸのデパ地下にも行けるんだ」

「美味しそうだけど、太りそうですね」

「大丈夫。大手町の一番北側にフィナンシャルシティっていうのがあるのを知ってる？　あそこの地下にＳＰＡ大手町ってスパ兼ジムがあるんだ。あんな一等地にありながら、郊外のジムと同じくらいの会費でジムとサウナとプールを使い放題なんだ」

「お体には注意しないと。あまり地下に居続けると日光に耐えられない体になってしまうと聞いたことがありますよ」

極端なことを言う子だ。

「ここには内科や眼科、歯医者もあるし、マッサージ関係はＤｒストレッチやラフィネとそれこそ選び放題。体の調子は過去最高にいいよ」

「行けないのは映画館くらいなんですね」

「美術館はあるよ。国際フォーラムの地下にある相田みつを美術館」

雨ちゃんが微笑んだ。

「まあ、億り人になれたらこんな生活、止めるつもりだけどね」

俺がそう言うと、雨ちゃんの顔から笑みが消えた。そして小さな声でぼそっと言った。

「平さん、嘘をついていますね」

「は？」

「平さん、辰巳からここまで通ってなんかいませんよね。ずっとこの地下街に住んでいるんでしょう。こんな生活は今すぐ止めるべきです」

雨ちゃんの言う通りだった。

一年前、経営企画部次長だった沼水は、ＡＩを用いたネット営業を導入するかわりに俺の部署を解体しようとした。俺はカッとなり、思わず奴を殴ってしまった。会社からは自己都合扱いの退職にしてはもらったものの実質クビだった。真相を知った妻は怒り、俺は辰巳のタワーマンションから着の身着のままで追い出された。息子ともそれっきりだ。

一旦は広島の実家で世話になろうと思って、新幹線に乗りに東京駅まで来た。でもこの地下街で夕飯を食べ、喫煙所で一服しようとしたところで、偶然見てしまったのだ。警備員が第三班防災用品収納庫と書かれた扉のテンキーを押している手元を。

警備員が去ったあと、テンキーを押してみたら扉はあっさり開いた。中には人が寝られるくらいの十分な奥行きがあった。あとは想像の通り。俺は八重洲地下街の住民になったのだ。

「よく分かったね」

「わたしは松陰神社前に住んでいるんですけど、一番上の姉が豊洲に部屋を借りていて、たまにそっちに泊まっているんです。ザ・カナルタワー豊洲ってご存知ですよね」

俺が不動産子会社に出向していたときに用地取得して開発したマンションだ。一軒だけ立ち退かない店があって、そこんちの赤ちゃんを褒め称えたりして大変だった思い出がある。

「だからわたしも豊洲から有楽町線に乗って有楽町駅からここまで歩いてくることがあるんです。でも国際フォーラムを通ってここに六時三〇分に行くことはできないんですよ。あそこの地下通路がオープンするのは七時なので」

ダメちゃんとは思えないシャープな推理だ。

「嘘をついたことは謝るし、今の生活が普通じゃないのは自分でもわかっている。でも君に俺を止める権利はないんじゃないかな」

雨ちゃんは小さなため息をついた。そして手にしたスマホで俺のダイナブックのディスプレイを撮影すると、俺の顔に突き出した。

そこには立ちあがっているはずの資産管理ソフトもデイトレのソフトも映っていなかった。代わりに映っていたのは、緑地のバックに七列に並んだ二〇枚ほどのトランプだった。遠い昔、こんな画面を見た記憶がある……ひょっとしてこれは。

「ソリティア！」

「その通りです。平さんはデイトレで稼いでいたっておっしゃっていましたよね？　でもそれは幻覚なんです。実際は一日中ソリティアをやっていただけで、退職金はどんどん減っていっている」

慌ててダイナブックを見直した。信じたくない。だが映っていたのはやはりソリティアだった。全身の力が抜けていく。俺は億り人どころか破産寸前だったんだ！

「なんでこんなことに……くそっ、失業のショックで頭がおかしくなっていたのかな」

雨ちゃんはパニクる俺をなだめるように説明しはじめた。

「大丈夫、平さんは狂っていません。八重洲地下街特有の現象が起きただけですから。ここって時間を潰すには最高の場所だけど、人によっては危険なところなんです」

「危険？」

「ここから地上に出たらすぐのところに、みずほ証券の大きな電光掲示板があるじゃないですか」

「前は新光証券だったけどな。株式が暴落すると、必ずといっていいほどテレビ局があの前で呆然としている人を取材している」

「あそこでそうしている人たちが一番多かったのって、いつだかご存知ですか？」

「そりゃバブル崩壊のときだろうな」

「わたしには兄みたいな人がいて、その人から聞いた話なんですけど、大手町や八重洲の金融系の企業に勤めていたベテラン営業マンが随分と職を失ったらしいですね」

「そうそう、うちの会社もそういう人たちの出向先になっちゃってさあ、燃え尽きた灰みたいになっていた年寄りを押し付けられて大変だったよ。あの人たちって対面営業しかやっていないから、報告書作成とか全然できないわけ。当時は富士通のオアシスっていう箱型の大きなワープロだったけど、作業が遅いのなんのって！　俺が入社してから六年目くらいかな。ウィンドウズ95のパソコンが全社員に支給されたんだけどさ、あの人たちはワードもエクセルも覚える気もなくてさ、一日中ソリティアをやっているだけで、ほんとウザかった……ああっ！」

「本当はその人たちもワードやエクセルの操作方法を覚えて会社に貢献したかったはず。でも親切に教えてくれるはずの若手社員たちの対応が冷たくて、ソリティアで暇潰しするしかなかったんじゃないでしょうか」

「当時の若手社員……バブル入社組の俺たちのことか」

雨ちゃんはにわかには信じがたいことを真顔で言った。

「ベテラン営業マンの方々の打ち砕かれたプライドや悲しみが残留思念となって、バブル崩壊の象徴の場である電光掲示板に集まっていき、やがて悪霊化して地下街に沈殿していったんです。それがたまに平さんの世代の人に取り憑いて悪さをするんですよね。ここには、一見ノマドワークをしているようにみえるけど実はソリティアしかやっていない人たちが何十人単位でいるんですよ。今の時代におかしいでしょう？　実は全員、悪霊に取り憑かれているんです」

「俺たちは復讐されていたってわけか。この地下街に引き止められていたのもそのせいだったのかも……」

「平さん、顔色がとても悪いですよ。体がかなり弱っているんじゃないでしょうか。なるべく早くここを立ち去って一旦東京から出られた方がいいと思います」

俺はうなずくと、急いでアロマ珈琲の勘定を済ませて雨ちゃんと一緒に外に出た。俺は早足で八重洲北口へと向かった。これから出社する彼女とはここでお別れだ。

「雨ちゃん、本当にありがとう。でも何故そんなことにくわしいの？」

彼女は美しい顔を曇らせて言った。

「家業っていうか、代々の習い事っていうか、そんな感じなんです。それがイヤで会社に就職したんですけどね。というわけで、ダメＯＬをやってきます」

雨ちゃんは悪戯っぽくそう言うと、お辞儀をして丸の内方面に繋がる自由通路へと去って行った。あの子、自分のあだ名を知っていたんだ。

彼女が人波の中に消えていくのを見届けると、俺はひさしぶりに東京駅の構内に足を踏み入れた。自動販売機で七時一〇分　博多行きののぞみの切符を買う。新幹線の改札を目指して歩いていると見慣れた後ろ姿が見えた。沼水だ。きっと大阪支社への出張だろう。肩を叩いて奴が振り向いた瞬間、顔を狙って思いきって殴った。

「いてえええ！　平、また俺を殴るのかよ！」

沼水の悲鳴を背に新幹線のホームへのエスカレーターをのぼっていく。これですっきりした気持ちで里帰りできる。しばらく地元で休んで、なんでもいいから仕事を見つけよう。

そして妻に謝ってやり直すことを提案しよう。

ホームにすべりこんできたのぞみに乗り込んで窓際の席に座る。東京の景色が輝いてみえた。少しの間さよならだ。電車が動き始める。俺は窓に顔を近づけた。やはり陽の光は地下街の蛍光灯と違って気持ちがいい。でも何かが焦げるような匂いがする。しばらくして俺はようやく気が付いた。俺の顔や手先の皮膚が陽に当たって崩れて、灰のように空中に流れだしていたのだ。

第四話

イッツ・オーケイ（ワン・ブラッド）

三ノ輪・浅草

ちょっと長い話になるけど、浅草に着くまでまだ時間があるから話しちゃおうかな。俺の地元は正確に言うと浅草じゃなくて、その北にある竜泉ってところ。実家は代々、田明寺ってお寺をやっている。

最寄駅は浅草じゃなくて三ノ輪。浅草から、竜泉の入り口がわりになっている見返り柳まで歩いていこうとすると、回り道になるから結構な時間がかかるんだよね。戸隠……そうそう、長野のスピリチャル・スポットで有名なあそこ。俺のお袋はあそこから嫁いできたんだけど、浅草寺を観光してからそのルートを延々歩いてきて、ようやく自分が暮らすことになる町にたどり着いた途端、がっかりしたらしい。「テレビで憧れていた東京と違う」って。その絶望のせいで早死にしちゃったのかもな。

まあ、その気持ちも、わからなくはないけど。あのへんって高いビルなんてほとんどないから。それぞれの敷地が狭すぎるせいで、三階建てくらいしか建てられないように法律で決まっているらしい。しかも土地いっぱいに建物を建てるから、生垣すら作れない。代わりにあるのが植木鉢やプランター。あの界隈の年寄りはそういったものをちっちゃい建物と狭い道路の間の隙間にどれだけ並べられるかを生きがいにしているんだよね。

そんな景色が隅田川の西側から、下谷の三島神社あたりまでずっと続いている。住んでいるのも職人さんとか俺みたいな寺の人間ばかりだから、町の雰囲気なんて地味なもんでさ。それでも三社祭から隅田川花火大会までの季節は、高揚感のせいであの界隈の連中は自分たちこそが日本で一番恵まれているみたいに思い込んでいる。呑気なもんだよ。

もちろん俺も基本的にはその季節はハイなんだけど、中三のあの日だけは別だった。今からもう一二年も前のことか。七月最後の金曜の午後はダウナー中のダウナー、生まれて以来最悪の気分だった。どこにいたかも覚えている。三ノ輪児童遊園って小さな公園。俺たちスカーレット・ギャング……あ、それ何って絶対訊かれると思った。あとで説明するから。

スカーレット・ギャング、通称スカギャンは、それよりちょっと南にある東盛公園っていう大きめの公園を根城にしていたんだ。でもずっと野郎とツルんでいると、ひとりになりたくなるんだよね。知っての通り、俺ってひとりで黄昏るのが大好きだから。それでたまに、そこにひとりで行ってはチルっていたんだ。

それがマズかった。そこをCボーイズの小学生に狙われたわけだから……あ、それも何って訊かれると思った。これもあとで説明する。たぶんあいつらが使ったのはスタンガンだったんだと思う。俺は背中からバリバリやられて、公園にある三匹のパンダ人形のちょうど真ん中に倒れこんだ。もう全身痺れまくって、痛いのなんのって。これでさらに頭を蹴られたら死んでいたと思うけど、あいつら自分らがやったことにビビったんだろうな。チャリでどこかに逃げちまった。でも大金星だよな、一応ヘッドのクビを取ったわけだから。

この俺がギャングのヘッドだったなんて信じられないよね？　実際のところスカギャンはギャングと言えるようなものじゃなかったんだけど。元々は稲荷神社の子ども神輿の親睦会だし。あの界隈って町ごとに神輿があって、それぞれ競いあったりしているんだ。で、竜泉の子どもらは気合いを入れるために揃いの赤い手ぬぐいを身につけるのがしきたりになっていたんだよね。大正時代は紅団って名乗っていたらしい。

それが昭和の終わりごろに、手ぬぐいがバンダナに変わって名前もスカーレット・ギャングになった。そのときヘッドだったのがなんと俺のオヤジ。今はムサい格好をしているけど、永平寺に修行に行く前は渋谷のチーマーに憧れていたらしいんだ。

お寺の住職の息子が、神社の親睦会のリーダーもやっているなんてヘンだろ。うちは小さい寺だから、香典だけじゃ暮らせなくてさ。じゃあ何で食べているかっていうと不動産なわけ。寺の周りの土地を持っていて、そこに檀家の人たちを住まわせているんだ。だから自然と寺の関係者がリーダーに担がれちゃう。そんなわけで俺も中学に入った途端、スカギャンのヘッドに祭り上げられちゃった。

でも最初はいわゆるギャングっぽいことは全然していなかったな。せいぜいみんなでゲーセンで遊んだり、自由行動中の修学旅行生の女子にちょっかいを出していただけで。でも急に時代の雰囲気が悪くなってきた。その頃ってカラーギャングの全盛期がちょうど終わりかけでさ。ギャングが増えすぎて池袋で稼げなくなった連中が、ほかの街に稼ぎ場所を求めてきたんだ。

そんな中で浅草に狙いを定めたのがクレイジー・ボーイズ、通称Cボーイズだった。奴らのトレードマークは青バンダナ。そいつらが浅草を偵察したら、どうしたって目につくわけ、赤バンダナを尻ポケに挿してイキってる中学生男子が。それで、竜泉のスカギャンこそが浅草を仕切っているカラーギャングだって勘違いされて、俺らはターゲット認定されちゃったんだ。

奴らは金を持っている商店街の子どもに近づくと、青いバンダナを配りまくってあっという間に自分らの傘下に収めてしまった。そこでヘッドを任されたのが、親が田原町の駅そばにいくつもビルを持っている鳥越将太って巻き毛クルクルのさわやかなイケメン。奴はものすごい速さで小学生まで取りまとめた組織を作り上げると、スカギャンを潰しにかかってきた。俺たちの仲間をひとりひとり捕まえてボコ殴りしては「お前ら浅草に来るな」って脅しはじめたんだ。

当然こっちもムカつくから戦争になった。でも所詮こっちは子ども神輿の親睦会だからさ。じりじり北に追いやられて、東盛公園でしかつるめなくなっちゃった。そんな僻地までは修学旅行の女の子たちも来ないから、もうみんなガックリしてたね。それだけでも最低なのに、本拠地のすぐそばでヘッドが小学生に襲われてノビちゃったんだから、こんな最低なことってなかったわけ。

気絶していたのは一時間くらいだったかな。俺は頭の方から聞こえるクスクス笑いで目を覚ました。薄目を開けた時点で、笑っているのが弓子だってわかった。いつも着ていた水仙柄の浴衣が見えたし、髪型も昔から変わらないショートボブだったから。もちろんその頃はそんな呼び方は知らなかったから、俺は〝ちびまる子ちゃんカット〟って呼んでいたけど。そう、彼女が、俺にとってのそういう子。で、あいつは冷たくこう言うわけ。

「ノブちゃん、情けない格好してんだね」って。

俺は昼寝から起きたフリして、「おう、こっちに帰ってきてたんだ」って言って取り繕うとしたんだけど、俺がヤバい状況だっていうのを察したんだろうな、あいつは「家に来なよ。麦茶でも飲ませてあげるから」って言ってくれた。

弓子は俺と同い年だけど体が弱いせいか、普段は田舎に住んでいて、夏休みだけお祖母さんが住んでいるこっちに戻ってくる子だった。知り合ったのは五歳のときかな。通りでみんなと遊んでいると、あいつが遠くの方からこっちを見てニコニコしていた。

それ以来、夏休みのたびにつるむようになった。内気な性格だったせいか、あいつが俺に話しかけてくるのは俺がひとりでいるときだけなんだけど、色んな連中と同じことをやっていたのか、夏だけこっちにいるわりには、あの界隈の噂や情報に誰よりもくわしかったんだよね。

あいつの家は、三ノ輪駅の北側の、区境を超えたあたりの線路そばにあった。すごい豪邸でさ、門にまで瓦屋根が乗っかっているっていう。門をくぐると錦鯉が何匹も泳いでいる池があって、そこにかかった太鼓橋を渡らないと家には行けないようになっていた。いつ行っても桜が咲いていたな。内装もふすまが朱色と金箔の格子柄だったり、障子が漆塗りだったりと、細かいところまでやたらと金がかかっていた。

お屋敷に住んでいるのは弓子のお祖母さんと親戚の女の人たち、あと弓子みたいな孫。お手伝いさんもいっぱいいた。家にいたのは女の人ばかりで、薄暗い家の中でいつも忙しそうに、あちこちを行き来していた。

玄関を入ってすぐ向こうの奥座敷に弓子のお祖母さんが座っているのを見つけたので、

「おひさしぶりっす」って声をかけたら、お祖母さんは「ノブちゃん、大きくなったねー。兆吉さんに本当に似てきたわ」って喜んでくれた。あ、兆吉っていうのは俺の曾祖父さんの名前。ふたりは幼馴染だったらしい。

弓子の部屋は板張り廊下に面した畳部屋だった。昔から何度も来たことがある。錦絵がはめ込まれた壁の向こうからはいつも三味線の音が聴こえていた。俺はお手伝いさんがもってきた麦茶を飲みながら、なんで自分がパンダ人形のそばで倒れていたのか、弓子に事情を説明した。

「そういうわけで俺が小学生にヤラれたなんて噂が広まったら、スカギャンはおしまいなんだよ。いや、俺はそれでもいいんけどさ……」

「お父さんに申しわけが立たないんだね」

あいつは俺の心を透視できるみたいだった。

「そんな心が狭い人じゃないと思うけどな、あなたのお父さんは」

「オヤジは関係ないって。とにかく翔太とタイマンで負けるんならまだしも、こんな終わり方じゃみんなに迷惑かけちゃうんだよ」

弓子はとびっきりのネタを提供してくれた。

「じゃあさ、将太くんとふたりきりで会ったら？　あの子なら金曜のこの時間はひとりで花やしきにいるはずだよ」

一瞬、ギャングのヘッドとしてのプレッシャーから逃れて、花やしきでチルっている翔太にシンパシーを覚えた。もしかしたらダチになれるかもって思ったな。でも会うためには問題が山積みだ。奴が花やしきの中ではひとりきりだとしても、そこに行くまではCボーイズだらけだから。どうやったらたどり着けるんだろうって思ったね。

弓子がいいアイディアを出してくれた。

「あたしがカノジョのフリして一緒に行ってあげる。こんな昼日中にカップル狩りするとんまはいないでしょ？　あ、赤いバンダナは隠して。それとケータイって持っていたよね？　必ず持っていって」

弓子は浴衣の懐からすっと拍子木を取り出すと、間隔をあけて三回ほど叩いた。

「おまじない。これで安心」

こうして俺と弓子は、三ノ輪から浅草方面へと歩きはじめたんだ。といっても、スタンガンの後遺症で頭がボンヤリしていたから、一緒に歩くっていうよりも、あいつのあとを必死に追っていく感じだったけど。でも、すぐに目が冴えてきちゃった。だってあいつさ、〝揚屋町〟って書かれた通りを澄ました顔をして突き抜けていっちゃうんだから。そこは学校や親から「絶対通るな」と言われていた通りだったんだ。

要はそこが吉原のソープ街のメインストリートなわけ。まだ夕方だったけど、通りにはスモークガラスを貼った送迎用のミニバンが行き交っていたし、店員がそれぞれの店の入り口に並びはじめていた。ああいうところって客引きが禁止されているから、黙って表に立ち続けることで営業中なのを知らせるしかないんだ。

でも俺はあの人たちに昔から妙な親しみを覚えていたんだ。あの通りを歩いていてその理由が分かった。あの人たちって全員がユニフォームみたいに長袖の白シャツに黒ネクタイを締めて、黒いスラックスを穿いているんだけど、格好がウチに出入りしていた葬儀社の人たちにそっくりなんだよね。

「セックスと死ぬことは近い」なんて本とかによく書いてあるけどさ、俺は直感的にそのことを理解していたってわけ。まあ、あの界隈に住んでいる奴らは、子どものころからみんな分かっているのかもしれないけど。

ヒヤヒヤしながら俺は弓子と通りを抜けると、ベル商会の四つ角を右に曲がって千束通りに入った。ここまで来るとCボーイズのテリトリーはもう目と鼻の先だった。汗ばんだ手でポケットからiPodを取り出したことを覚えている。

iPodがもう売られていないなんて信じられないよね。確かそのとき持っていたのは発売されたばかりだったU2モデル。U2ってロックバンド知ってる？　俺はあまり好きじゃなかったんだけど、黒いボディの真ん中に赤いボタンがついているデザインがスカギャンの仲間うちで大人気だったんだ。

で、気合いを入れるために千束通りを歩きながらイヤフォンで音楽を聴き始めた。その頃リリースされたばかりのザ・ゲームの新曲「イッツ・オーケイ（ワン・ブラッド）」って曲。ゲームって名前のラッパーがいてさ。ブラッズっていう赤がチームカラーのギャングのメンバーだったんだ。でもそいつの地元のロサンゼルスでは、クリップスって青がチームカラーの敵対組織の方が遥かに数が多いし、勢いもあった。

そんな状況でもゲームは「ひとりになっても俺はブラッズだ」ってラップしていたんだ。そうそう、俺は心の中でゲームと一体化していたってわけ。今考えると笑っちゃうけど。だってゲームはこの曲で「ルイ・ヴィントンのベルトにグロックを装着する／ビームもサイレンサーもなくたって撃つときがいつかは分かっているぜ」とかラップしているのに、俺のポケットに入っていたのはiPodとケータイだけだったんだから。

弓子は俺が何か聴いていることに気がつくと「ちょっと貸して」とイヤホンを奪い取ったけど、少しの間聴いて、すぐに「よくわかんないや」と言ってイヤホンを返してきた。

そうこうしているうちに、俺たちはひさご通りの入り口にたどり着いた。道路に大きな屋根がかかっている渋い商店街で、俺たちにとってはここが浅草の入り口だった。商店街には湘南乃風の「純愛歌」がうっすら流れていた。Cボーイズがよくカラオケで歌っているって噂を聞いたことがあったから「縁起悪いな」って思ったね。

でもさ、弓子の方を見たらなぜかノリノリで、曲にあわせて……ていうか、曲の倍のスピードで手と足を組み合わせながら前に進んだりうしろに下がったりするダンスを踊りはじめた。「こっちの方がさっきの曲より踊りやすい」とか何とか言って。「なんだよ、それ盆踊りかよ?」って訊いたら、あいつが「チャールストン」って答えたのを覚えている。

街中で浴衣姿で踊る女なんてヘンだろ? でも商店街を行き交う人たちはスルーしてくれた。そういうヘンな奴をいちいち気にしないところが浅草のいいところなんだよね。

ひさご通りを抜けるともうそこは浅草の中心で、浅草寺の塔が見えた。気がついたら俺たちのまわりは青Tシャツや青バンダナの連中だらけだった。心臓がバクバクしたね。慌てて弓子に踊るのを止めさせると、息を殺して腕を組んで歩き始めた。それが効いたのか、誰にも気づかれなかった。俺たちは土産物屋の通りを通り抜けて、難なく花やしきの中に入場できたってわけ。驚いたね。あれだけの数のCボーイズに一度も咎められずに目的地に潜入できたんだから。

花やしきは今と同じ感じだった。ていうか、いつ行ってもあそこはぜんぜん変わらないけど。ジェットコースターはガタガタいって今にも崩れ落ちそうだし、白鳥のはずのスワンは汚れてライトグレーになっているしさ。

でもあの界隈の連中は、花やしきを自分たちでディスるのは好きでも、よその連中に言われると怒りだすから注意したほうがいいよ。俺たちの子どもの頃のいい思い出って、大体あそこにまつわるものだから、バカにされると自分が否定された気持ちになっちゃうんだよね。うん、俺もそのひとり。お袋に関しての一番ハッキリとした記憶って、あそこのメリーゴーラウンドに乗って、くるくる回っている姿だし。

そんなセンチメンタルな想いに浸りながら、メリーゴーランドをぼっと眺めていたら、奥にある射的場で、面白いくらい的に命中させている奴がいることに気がついたんだ。そいつが鳥越将太だった。

何百人もいるCボーイズを束ねていただけあってさ、将太は遠くから見てもオーラがあったね。体が細いくせに背がやたらと高くて、青いポロシャツ姿がキマっていた。味方のはずの弓子すら感心したような声であいつを褒めはじめた。

「将太くんってカッコイイよね。それに頭いい」

俺はちょっとムッとした。

「頭いいってなんだよ？」

「だって花やしきで人を襲うなんて無理筋でしょ。もしノブちゃんが将太くんを襲おうとしたら警備の人が飛んで来て、ノブちゃんが犯罪者扱いされちゃう。本当は将太くんの方が圧倒的に悪くてもね」

俺なんかと違って、翔太は黄昏るときもリスクをしっかり計算していたってわけ。

「つまりここではタイマンは不可能ってことか。何のために命がけでここまで来たんだ？」

俺が悔しがっていると、弓子はこう言った。

「タイマンなんてする必要ないよ。ノブちゃんは将太くんをお化け屋敷の前までおびき出して、浅草ビューホテルの方角を指差せばいい。そしてこんなふうに叫ぶの。『見ろ。俺の力でお前んちのビルもああしてやる』って」

「そんなアホなセリフを言ってどうなるんだよ？」

「それはお楽しみ。でもこれはノブちゃんじゃないと出来ない技だから」

弓子は再び浴衣の裾から取り出した拍子木を三回打ち鳴らした。

「作戦開始」

いきなりそう言われても何のことだかわからない。その場で思考停止していたら、翔太と目が合ってしまった。

奴はちょっと驚いた顔をすると、ヒューと口笛を吹いて

「海崎信如くん。お見事、ここまで突破してやってきたんだ」

とゆっくりと拍手しやがった。

「おう、話できるか？」

俺はクールに振舞おうと低い声で会談を持ちかけたけど、奴は受け流しやがった。

「お前と話したいとちょっと前までは思っていたんだけどさ、小学生にヤラれちゃうようなヘタレとは、そこまでしてあげなくてもいいかなって思うんだよね」

その時点で子分からもう噂が伝わっていたってわけ。でもここで引き下がるわけにはいかなかった。

「まあまあ、噂が本当ならさ、そんなヘタレにビビんなよ」

そうかましてみたら、あいつもこっちのペースに乗ってくれた。俺にじりじりと近づきはじめたんだ。

弓子のアイディア通り、俺はお化け屋敷の入り口に繋がる階段をあとずさりして登りはじめた。翔太が逃すまいと笑顔を浮かべながら静かに近づいてくる。階段のてっぺんまで登ると、ジャイアント・アンパンマンの横にいつの間にか弓子が立っていた。浅草ビューホテルを指差している。そうだった。俺はホテルの方角を指差した。なんて言えばいいんだっけって迷っていたら彼女の口の形が見えた、「見ろ」って。

だから俺は叫んだんだ。

「見ろ。俺の力でお前んちのビルもああしてやる！」って。でも変わったことなんて何も起きやしない。翔太はビューホテルをチラ見すると、訝しげな顔で見返してきた。パニクった俺が弓子の方を見ると、もっと真剣な気持ちでやれというような怖い顔で睨んできた。どうすればいい？って思ったね。苦しいときの神頼みっていうけど、神様じゃなくて仏様だよなって気がついた。だって俺は寺の子だから。そこで小さい頃からオヤジに仕込まれてきた般若心経を心の中で唱えたんだ。

「観自在菩薩。行深般若波羅蜜多時。照見五蘊皆空。度一切苦厄。舎利子。色不異空。空不異色。色即是空。空即是色」

その頃はまだ言葉の意味なんてよくわからなかったけど、真剣だったよ。スカギャンを俺の代で終わらせるわけにはいかないからね。

すると薄暗くなっていた空が、灯りがついたようにパッと明るくなった。そして目の前から浅草ビューホテルの姿が消えた。代わりに立っていたのは、見たことがない細長いタワーだった。この頃はまだ立っていなかった東京スカイツリーにちょっと形が似ていたかもしれないな。

すると、そのタワーがとつぜん途中からバキッと大きな音を立てて折れたんだ。中からたくさんの人たちが悲鳴をあげながら落ちていくのが見えた。おいおい、なんだよ、これ！って思っていたら、今度はそれが真っ赤な炎に包まれて、空一面が真っ赤になったんだ。

将太が今度はガクガクと震えだした。弓子の方を見たら、あいつの口の形がはっきり見えた。

「ケータイの写メ」

あわてて尻ポケットからケータイを取り出して翔太の顔を撮った。不思議なことにそこには炎に包まれたタワーは写っていなかった。写っていたのは、夕闇に包まれたお化け屋敷の看板だけ。その前で翔太が心底ビビった表情をしていた。マヌケそのもの。なんでこんなことが出来たのかはわからなかったけど、弓子の作戦の意図は俺にもわかったね。だから翔太にはこう言ってやった。

「噂には証拠なんてないけどさ、こっちにはしっかりした証拠があるんだよ。お前が何かやったら、この写メを撒き散らすから覚悟しろよな」

「テメエ、俺をハメやがって！」

カリスマだけあって翔太が叫ぶとちょっと怖かったけど、形勢逆転だ。俺はニヤニヤしながら写メの発信ボタンに指をかけた。短い沈黙のあと、翔太は顔を真っ赤にしながら自分のケータイを取り出すと何者かに電話をかけてこう言ってくれた。

「武装解除。スカーレット・ギャングとは休戦な」

弓子が近づいてきた。

「ほらうまくいったー。家に帰ろう」

帰り道は快適そのものだった。スカギャンまさかの完全勝利。Cボーイズの連中は悔しそうな顔をして遠巻きに眺めているだけで、誰も手を出せない。俺は弓子にさっきのトリックの種明かしをしてもらおうと思った。

「あの細長いタワー、なんだったんだよ？　空にレーザーで映写したとか？」

弓子は答えた。

「あれは昔あそこに立っていた凌雲閣、通称浅草十二階っていう建物。浅草のシンボルだったの。関東大震災でなくなっちゃったんだけどね」

「それをどうやって映したんだよ？」

「あたしは何もやってない。ノブちゃんが土地の記憶を呼びおこして、将太くんに見せたってだけ」

土地の記憶って言われても何それって感じだった。で、「俺が？」って訊いたら「ノブちゃんにはそういう力があるんだよ」って答える。

「おい、何を証拠にそんなことを言ってるんだ？」って問い詰めたら、あいつはこう言うんだ。

「あんたがあたしなんかと友だちになれるのがその証拠なんだよ」

俺は「ちょっとよくわかんない。説明してくれる？」って食い下がったけど、弓子は笑いながらこんなことを言うだけだった。

「ごめん、時間がない。もう行かなきゃいけないから」

俺はてっきり弓子がまた田舎に帰るのかと思って「ああ、田舎に帰るんだ。じゃあ来年の夏休みまでタネ明かしは楽しみにとっておくかな」って言ったけど、あいつの話はどんどんわけがわからない感じになっていった。

「来年はもう会えない。今年のあたしは一五歳だけど、次にこっちに帰ってくるときは五歳に戻っている。そして一五歳まで育ったらまた五歳に戻っちゃうの。その繰り返し」

「そんな話は信じないけどさ、万が一そうなったとしても俺とは話せるだろ？」

「あたし、五歳に戻るとそれまでの記憶をぜんぶ忘れちゃうんだ。それにノブちゃんはあたしをもう見つけることはできなくなる」

うしろを向いて立ち去ろうとする弓子を「待てよ！」って大声で止めたけど、あいつは振り返ると「いつか分かるよ」と言って、裾から例の拍子木を取り出して三回鳴らしたんだ。途端にあいつの姿は消えてしまった。

そのあとは、家に帰るとベッドに突っ伏してそのまんま寝ちゃったことだけを覚えている。目が覚めたらもう土曜の夕方だった。ケータイは着信とメールと留守電でパンパン。どれもスカギャンの仲間からだった。どれから読もうかって迷っていたら、縁側から小島があがりこんできた。

「ノブ、返事がないから来ちゃったよ。スゲえよ。Cボーイズの包囲網をたったひとりで突破して花やしきで翔太をぶちのめしたんだろ。いったいどうやった?」

小島は興奮しまくっている。

「くわしいことは弓子に訊いてくれよ。あいつの言う通りにやっただけだからさ」

そう言ったら小島はポカンとした顔でこんなことを言ってきた。

「弓子って?」

「お前なに言ってんだよ! 俺たちと同い年で夏休みはずっと一緒だった弓子だよ。いつも浴衣を着ているあいつ!」

小島に怒鳴りながら、背中に冷や汗が流れはじめているのを感じた。そういえば、俺と一緒のとき、ほかの奴があいつと喋っているのを見たことがなかった。あいつは俺にしか見えていなかったんだ。

すると襖がスパンと開いた。オヤジだった。赤い法衣の威圧感がハンパなかったね。てっきり怒られるのかと思ったら、オヤジは震えた声で話しかけてきた。

「お前、弓ちゃんと会っていたのか……」

「父さん、弓子を知ってるの？」

オヤジは言った、「あの子の家に行けば分かる」って。

オヤジが俺に霊能力の使い方を教えるようになったのは、そのあとのことだ。それまで俺は、海崎家の人間に代々そんな力が遺伝しているなんて知らなかったんだ。

俺は、何か話しかけてくる小島を無視して、サンダルをつっかけて走り出した。みんな隅田川花火大会に出かけてしまったせいか、通りはガランとしていた。そうそう、隅田川の花火ってコレラで死んだ人たちの供養として始まったって知ってる？　神妙な儀式なのにビールを飲んで浮かれているんだから、わけわかんないよね。

東盛公園の前を通ると、何人かスカギャンの仲間が居残っていて、ヒーローを見るような熱い眼差しで俺のことを見てきた。でもその視線も振り切って弓子の屋敷へと向かったんだ。

瓦屋根の門が見えてきた。なんだ、いつもと同じじゃないかって最初は思ったね。でもよく見たら、奥にある建物の形がぜんぜん違うのに気がついた。そこは屋敷じゃなくて寺だったんだ。
弓子の屋敷はどこに消えちまったんだろうって呆然としていたら、門の脇に今まで見たことがなかった看板が立っているのに気がついた。そこにはこんな風に書いてあった。

あらかわの史跡・文化財

投込寺（浄閑寺）

浄閑寺は浄土宗の寺院で、栄法山清光院と号する。安政二年（一八五五）の大地震の際、たくさんの新吉原の遊女が、投げ込み同然に葬られたことから「投込寺」と呼ばれるようになった。花又花酔の川柳に、「生まれては苦海、死しては浄閑寺」と詠まれ、新吉原総霊塔が建立された。

看板の横には小さな地蔵の像が立っていて、花が供えられていた。それは水仙の造花だったんだ。

第五話

タイニー・ダンサー

新大久保・新宿

「真実には二種類ある。ひとつは目に見える真実。もうひとつはその裏側に隠されている真実だ」

パパはよくそう言っていた。その言葉は今、私が歩いている西新宿の高層ビル街にも当てはまる。新宿駅の西口から高層ビル街に行くための最も効率的なルート。それは横断歩道や階段で何箇所も遮られている地上は歩かずに、いったん地下に下りてから地下道を歩いていくことだ。すると平坦な歩道をまっすぐ歩いていくだけでビル街の一階へと辿り着く。でもなぜ地下一階の延長に地上一階があるのだろう。そこに何か真実が隠されているって思わない?

でもオフィスへと急ぐサラリーマンたちは、そんなことは気にもしていない。その中のひとりなんか、私にぶつかっておいて一瞥すると舌打ちして立ち去ってしまった。ジバンシィのヴィンテージのリトル・ブラック・ドレスのせいで、カタギじゃない女の朝帰りと思われたのかも。ま、当たってはいるけど。

朝六時四五分。三井ビルの前に辿り着くと私は、レンガ色のタイルが敷き詰められた広場への階段を降りていった。そこはクライアントに指定した待ち合わせ場所だった。

彼と会ったのは今から九時間前のこと。週三で通っている百人町のパクさんの店で、遅い夕食代わりにチヂミをおつまみにマティーニを飲んでいると、見知らぬ男が話しかけてきた。

「あのー、囲間楽《かこいまらく》さんですね？」

歳は三〇代前半。背は小柄で小太り。ギョロっとした目。髪は天然パーマで、襟のよれたポロシャツを着ている。

「そうですけど、何か」

「俺、赤城照夫っていいます。よくこのお店に来てるって伺ったもので。囲間さんって、人助けをされているんですよね」

「えっ、ただのインテリアコーディネーターだけど？」

私は表向き、姉と仲良く建築事務所を営んでいるインテリア・コーディネーターということになっていた。

「でも聞いたんですよ、マニラから拉致されてきた女の子たちを……」

「黙って。その話はいいから」

あのときは派手に動きすぎた。最初はちょっとした人助けのつもりだった。この界隈で飲むようになってから、店の外国人オーナーたちが日本の消防法や食品衛生法を知らないのをいいことに中間業者にボラれていることに気がついた。それで良かれと思って届出のノウハウを教えてあげたのだ。そうしたら彼らは大喜びしてくれて、私の飲み代はほとんどタダになった。

調子に乗った私は、ますますこの界隈に通うようになった。そうするとたまに目に入ってしまうのだ。信じられない境遇に置かれた女の子たちを。そんな時、「囲間家は黒子であれ」という家訓を無視して、私は実力行使に出てしまう。あの事件がまさにそれだった。

「この子も助けてほしいんです」

赤城照夫はプリントアウトされたチェキを私に差し出した。そこには女の子が写っていた。大きな瞳が印象的。バストショットの写真だったけど、すっきりした体つきなのが見てとれる。

「赤城凛、一五歳。俺の姪っ子なんです」

「この子、背が高そうだね」

「そんなことないっすよ、一五〇センチあるかないかくらいで。うちの血筋なんです。ほら、見てください」

赤城照夫はスマホを取り出すと、しばらくそれをいじってから私に見せた。彼のスマホのディスプレイの中ではたくさんの女の子たちが歌い踊っていた。でも後列にいる赤城凛は前列の子たちに埋もれて顔が半分くらいしか見えない。

「凛はアイドルに憧れていて、中一から地下アイドルをやっていたんです。地下アイドルって何なのかはご存知ですよね？」

もちろん。彼女たちがこの界隈のあらゆるイベントスペースで歌い踊っているのも知っているし、あらゆる形態の店でバイトしていることも知っている。

「ハフハフ・ハーフ＆ハーフってグループで」

「ふうん」

「ハーフしかメンバーになれないっていうコンセプトのグループなんです。この子、母親がイラン人で。でもその母親が厳しい人だから、こっそり新宿でレッスンを受けたり、ライブをやっていたりしてたんです。俺もそのアリバイ作りに協力させられちゃって。でもご覧の通り、グループの中では目立たなくて。今年は高校受験だし、そろそろ将来を考えろって説得したら、あいつも諦めて辞めることになったんです」

「良かったじゃない」

「でも急に辞められなくなったって言ってきて」

「なんで？」

「問いただしたら、ちょっと前に運営に騙されてビデオに出演させられたらしいんですよ。辞めたら親にバラすって脅されているんです。どういうビデオかは……まあ分かりますよね？」

そのときの私の血圧を測ったら、二〇〇くらいあったかもしれない。

「そのビデオのマスターを奪いとってほしいってこと？」

「そうです。入手した上で、データをサーバーから削除してほしい」

「でもそれは警察の仕事だよね」

「せっかく本人が勉強を頑張る気になったのに、母親と揉めごとを起こしたくないんですよ。それとビデオは特定の会員しか見られないんです。だから警察も証拠を掴むまでは時間がかかってしまう」

「ビデオを撮影したのはいつ頃か、姫御さんは覚えているの？」

「去年のちょうど今頃で、場所が新宿だったってことは覚えているって。だからあなたを頼ってみたんです。この一帯のことは何でも知ってるって話だから」

「そんなわけないでしょ。大体このへんにそういうものを撮影できる場所が幾つあると思ってんの？」

軽くキレたら、赤城照夫はこんなことを言った。

「あ、そういえばビキニを着てプールで泳がされた記憶があるって言ってたな」

思わず笑いだしたくなった。だってそんなことを撮影出来るスタジオはこのあたりにひとつしかない。明日の朝からしばらくの間、姉さんの仕事を手伝わなきゃいけないけど、これだけ確実な手がかりがあれば夜のうちに片付くだろう。

「わかった。明日の朝には報告できると思う。ケータイの電源は切らないでいてくれる?」

「あ、ありがとうございます!」

赤城照夫は携帯番号を私に教えると、ペコペコお辞儀しながら店を出ていった。パクさんが私を冷やかす。

「また安請け合いしちゃって」

「だって楽勝な仕事だよ、これは」

すぐに私は、花園神社のそばに立つ撮影スタジオのオーナーに電話した。

「楽です。お久しぶり。大体察しはつきますよね? うん、迷惑はかけない。去年の今頃に領収書を切った会社のリストを送ってくれます?」

一時間ほど飲みながら待っていたら、スマホにPDFが送られてきた。私はそれを開封もせずに、その手の資料をいつも送っているアドレスに転送すると電話した。

「ミサオ？　私。いま隣に女の子とかいる？」

「いない。ていうか、いても関係ないんだろ」

一橋貞《ひとつばしみさお》は代々、囲間家の執事をやってくれている一家の跡取りだ。彼の父親は息子に、私たち姉妹を「様」づけで呼ぶように厳しく躾けていたけど、同い年の私と貞はふたりきりのときはタメ口で話していた。

「今送ったリストからさ、チャイルド・ポルノを作ってる会社を見つけてほしいんだよね」

「なんだよ、それ！」

ミサオはハッキングやダークウェブに詳しい。私が百人町や歌舞伎町の店で何軒も聞き込みしてようやく手に入れる情報を、ベッドの上でキーボードをカタカタ叩いて手に入れてしまう。

「じゃあ頼んだから、よろしくー」

一方的に電話を切って、三〇分くらい飲んでいたら、メールが送られてきた。そこには「シルバーサーフ・フィルムズ。業界でも悪名が高かった会社の残党が設立」と但し書きが添えられて法人登記先のリンクが貼ってあった。クリックをしたら住所は新宿バッティングセンターのすぐそばだった。都合がいい。

「パクさん、金属バット持っていたよね？　バッティングセンターに行きたくなっちゃったから借して」

パクさんはニヤニヤ笑いながら年季の入ったバットケースを渡してくれた。店を出て、新大久保のメインストリートに出ると、この時間になってもまだ営業している韓国コスメ専門ショップの前に、若い女の子たちが灯に集まる虫のように群れをなしていた。

いつ頃からだろうか。この一帯の店でプッシュしているメイクを、少し遅れて表参道に集まる女の子が真似るようになったのは。もう東京はアジアのトレンドセッターではないのだ。

極彩色の看板を見渡しながら、通りをゆっくり歩くグループを次々に追い抜くと、私はメインストリートを山手線の高架に向かって歩いた。新大久保は一見、混沌としているけど、東京の中では風通しの良い街だと思う。盛り場としての歴史が浅いからだ。

私のような霊能力を持っている人はとても少ないとは思うけど、もし持っているならパパが私に教えてくれた〝歴史の勉強〟という技を試してほしい。

まず左手の親指と人差し指でアルファベットのＬの字を作り、それに右手の親指と人差し指を九〇度の角度で添えてカメラのファインダーのような形を作る。そして、ファインダーの中の街の景色を見ながら、頭の中で一五〇まで数えていくのだ。すると景色はＤＶ

Dの早戻しのように時代を遡っていき、やがて一五〇年前の百人町の景色が映し出される。そこは一面のツツジ畑のはず。

百人町という町名は、徳川家が江戸にやってきたときにセキュリティガードとして伊賀から連れてきた百人の鉄砲隊員を住まわせたことに由来している。でも幕府の体制が安定してくると、彼らは用済みになり石高は減らされた。そこで彼らは生活費を稼ぐためにツツジを栽培しはじめた。

明治維新後、ツツジに包まれた街並みが評価されてこのあたりは閑静な住宅地になった。新大久保から歌舞伎町に連なる一帯に細い路地がはりめぐらされているのはその名残りだ。そうした狭い通りを抜けると職安通りへとぶつかる。通りの向こうはもう歌舞伎町だ。

この悪名高き歓楽街では、毎晩やってくる大量の客をもてなすために、あらゆる形態の店で何千人もの人が働いている。東京に次々やってくる若い子たちは、この街へと吸い寄せられていく。その理由も、〝歴史の勉強〟を使えば分かる。ファインダーを通して歌舞伎町を見ながら数字を六〇かそこら数えると、この街は一面の畑になってしまう。

宿場町としての新宿の歴史は一七世紀まで遡るけど、その範囲は今でいう新宿一丁目から三丁目の範囲に限られていた。歌舞伎町は第二次大戦後、何もないところに歌舞伎座を招聘しようとして人工的に開発されたニュータウンなのだ。

だから東京の盛り場に必ず漂っている残留思念、わかりやすく言えば夢破れた人間の怨念みたいなものは意外とここには感じられない。私のような霊能力はなくても、その風通しの良さは無意識レベルで感じとれるはず。だから上京してきた子は自然とこの街へと流れ込んでいくのだ。もっとも、最近はこの職安通りにもホストやホステスの姿をした残留思念が歩いているのを見かけるようになってきたけど。

カラオケ747の角を右に曲がって、私は歌舞伎町の中心へと足を進めていった。整体、ホルモン焼き、コインパーキング、ホストクラブ。あたりにはアンモニアと血が混じった匂いがうっすらと立ち込めている。

ラブホテルの角を左に曲がれば、そこはもう新宿バッティングセンターだ。でも私はそこには立ち寄らず、その脇に立つ雑居ビルの階段を上がっていった。

この時間でもきっと誰かいるはずだ。ブザーを押すと案の定、チェックのシャツを着てメガネをかけた小太りの男が出てきた。頭に包帯をしている。私は「あのー」と話しかける男を無視して部屋に入っていった。

ブラインドで閉めきられた部屋は編集作業の真っ最中で、デスクの上のモニターにはモゴモゴと動くピンク色の物体が映し出されている。私はケースからバットを取り出すと、モニターに向かってフルスウィングした。液晶パネルがこなごなに飛び散り、ダークブラウンのフローリングに落ちて、光り輝いた。

「ち、ちょっと！」

男は制止したけど、私は無視してバットで、壁一面の棚からファイルや撮影小物、照明機材を次々叩き落とした。

「ひーっ、何やってるんですか。やめてくださいよ！」

「何やってるって？　お前らこそここで何やってるんですか、だよね」

「う、うちはちゃんとしたアート系イメージビデオ・メーカーなんです。ちゃんと親御さんと出演契約も結んでいますし。何なら契約書を見せましょうか？」

「別に法律の話をしにきたわけじゃないから」

私はチェキを男に突きつけた。

「一年くらい前に撮影したこの子のビデオがあるはず。あんたたちがどんな名前をつけて売っているか知らないけど、赤城凛って子。そのマスターをこっちに渡して。それとサーバーから記録を全部消して」

男はきょとんとした顔をして答えた。

「それ、もうやりましたけど」

「は？」

「一昨日の今頃の時間かな、知らない男が、今のアンタみたいに急に押し入ってきて脅されて……」

「どんな男？」

「青いバンダナで顔を隠していたから、わからないっすよ。もう勘弁ですよ。そのときは殴られたし。ヒドいじゃないですか、それを先に言ってくれれば良かったのに……」

私は男を睨みつけると部屋を破壊しつくしてから立ち去った。赤城照夫は何日か前に別の連中に同じ仕事を頼んでいたのだろうか？　その可能性は低い。その手の奴らを動かすには金がかかるし、わざわざプロに頼んだ後に、無料で引き受ける私に仕事を依頼するなんてありえない。

東京都健康プラザのビルにある二四時間営業のスポーツジムのロッカーにバットケースを預けると、ふたたびミサオに電話した。

「なんだ、またかよ」

「新宿が拠点の、青バンダナがトレードマークの半グレっていたっけ？」

「うーん、池袋のカラーギャングでCボーイズっていただろ。たぶんそのOBだな。二時間くれれば誰か特定する」

「それとハフハフ・ハーフ＆ハーフって地下アイドル・グループに赤城凛って子がいるん

だけど。それ込みで一時間で調べてくれる？」

私は一息つくためにTOHOシネマズ新宿のすぐそばにある立ち飲みバーに立ち寄ってテキーラを注文した。でも何だか落ち着かなくて、早いペースで三杯飲み干してしまうと外に出た。今夜はいつもよりも客足が早い。通りを歩く人の数がまばらなので、西武新宿駅前の通りで立ちんぼをする女たちは半ば諦めた顔をしている。彼女たちの足元にはコンビニ袋や、タバコの吸い殻、誰かの吐瀉物が散乱していた。

「鷗は何でも上手に出来る子だけど、人間の明るい面しか見れないからな。その点、楽は両方の面が分かっていそうだ」

パパは姉さんと私を比べて、よくそんなことを言っていた。この界隈をふらふらしているのも、姉さんには出来ない数少ないことだからかもしれない。それとは別に私にはここに通う目的があった。それは、私たちと同じような霊能力を持っている男を探すこと。そんな人間は今ではとても少なくなったらしい。

でも、そんな男がいたとしたら、サラリーマンなんかには絶対ならずに人生を踏みはずして、この街に流れつくにちがいない。そう考えた私はこの界隈で何かすごい男がいるという噂を聞くたびに実際に会いにいっては、見込み違いにがっかりする日々を送っていた。

靖国通りに出たところで、スマホにメールが入っていることに気がついた。

「内藤夜太。ツイッターによると、お前が今いる場所のすぐ近くのガールズバーで飲んでる」

メールには金髪の坊主頭でピアスをした若い男が、仲間に囲まれて口を半開きにしている写真が添えられていた。いかにも「ウェーイ」って言ってそうだ。

私はミサオに電話した。

「匿名メールでこいつをすぐ呼び出してくれない？　シルバーサーフ・フィルムズの件って書けば飛んで来るはず。場所は新宿東口前の広場。目印は黒いドレスを着た女」

「目印なんだけどさ、ガリガリに痩せてるって書き添えた方がわかりやすいんじゃないかなあ」

「バカ。あと赤城凜の方はもう調べられた？」

「内藤の特定に時間がかかった。これから調べる」

「使えないなー。早く調べてよ」

電話を切ると、東口広場で内藤がやってくるのを待った。二〇分くらい待っただろうか、内藤はひとりでやってきた。場所が場所だし、相手が女だから、ひとりでも安全だと思ったのだろう。夜とはいえ真夏なのに、Tシャツの下に長袖Tシャツを着ている。両腕はタトゥーだらけなんだろうな、と私は思った。

内藤は距離を置いて私の横に立つと、笑顔で話しかけてきた。

「美人なんでマジびっくりした。で、話って何?」

リラックスした風を装っているけど、内心焦っているのがバレバレだ。

「シルバーサーフ・フィルムズを一昨日襲ったでしょ。誰に頼まれた?」

「お姉さんも一応プロなんでしょ。クライアントの秘密は守れないと、この商売やってられないって分かるっしょ」

「教えて」

「このあとふたりきりになれるかなあ? なれるんなら考えてもいいけど」

私は、両手でファインダーの形を作ると、新宿の街の景色を見ながら、頭の中で数字を五〇数えた。景色が過去に遡っていく。

耳元でパパが囁く。

「目指す年代の映像が映ったら、ファインダーを相手の姿に重ねる。そして右手人差し指を相手に向けたら、心の中で引き金を引くんだ」

バーン! 内藤は後ろに吹っ飛ばされると、ファインダーの中の景色に転がり落ちて姿を消した。

私が内藤にしたのは、パパが教えてくれた〝歴史の勉強〟のバリエーション技〝歴史の勉強・実践編〟だった。狙った相手を、今いる場所の過去へと送り込めるのだ。

残念ながらその効果は長くは続かない。過去に送り込まれた相手は三分ほど経つと今の世界に戻ってきてしまう。でも使い方によっては三分もあれば十分だ。事実、三分後に再び姿を現した内藤は、全身傷だらけで息も絶え絶えだった。

私が彼を飛ばした先は、一九六八年六月三〇日の真昼間。その日、フーテンと野次馬三〇〇人が駅前の交番を襲撃して、新宿東口は怒号と投石が飛び交う無政府状態になったのだった。

もう一度、内藤に尋ねた。

「誰に頼まれてシルバーサーフ・フィルムズを襲った?」

内藤は腫れた顔のあちこちから流れる血を手で押さえながら言った。

「天神プロモーションだよ。お前、俺に何をした……ったくワケわかんねえ」

私はそこを立ち去ると、地下道をくぐって駅の西口側に出た。青梅街道や甲州街道、明治通りといろんな通りに繋がっているからなのだろう。闇の中でタクシーのヘッドライトが思い思いの方向へと飛び交っていた。朝までまだ時間がある。私は思い出横丁へと入っていった。行きつけの中華料理店は閉店間際だったけど、私の顔を見ると中に入れてくれた。

「ごめんなさい、ちょっとの時間だけでいいから」

「楽ちゃんなら朝までいていいよ。なにが欲しい？」

「老酒とメンマだけでいい」

老酒で心を鎮めると、スマホを取り出してミサオにショートメールを送った。

「天神プロモーションって知ってる？」

ちょっとすると返信があった。

「芸能界では老舗のプロダクションだけど、社風がブラックなせいか最近、所属タレントに次々独立されてる」

もうひとつ私は質問した。

「売れるアイドルの必要条件って何だと思う？」

少し間を置いてミサオは自分の考えを書いて送って来た。そしてその後さほど間を置かずに今度はメールを送ってきた。

タイトルには「おまたせ。ハフハフ・ハーフ＆ハーフと赤城凛」と書かれていて、本文にはたくさんのリンクが貼ってあった。

クリックするとＬＩＮＥのスクショや、インスタグラムやツイッターのアカウントへと接続できた。わたしは二時間ほどかけてそれをひとつひとつ確認していった。中学校で撮られた写真はほとんどない。あるのは、アプリで顔がデフォルメされた地下アイドル仲間とのグループ写真ばかりだ。

その中で他と雰囲気が違う写真に目がとまった。かなり年上の女性とツーショットでハグしあっている。相手は髪をブロンドに染めているけど顔立ちは明らかに日本人だ。背は彼女と同じくらい。〝裏側に隠されている真実〟に想いをめぐらしながら、私は写真をスワイプし続けた。すると、イベントスペースの楽屋らしき狭い部屋のドア近くに、ある人物の姿が映っていることに気がついた。

ハンドバッグからコンパクトを取り出すと、ルージュ・ディオールのNO．999を唇に塗り直した。私はミサオに電話すると、呼び出してほしい人物の名前を挙げて、待ち合わせの時間と場所を告げた。

そのあとすぐ赤城照夫にも電話して、こう告げた。

「問題はほとんど解決したから。朝の七時に新宿西口の三井ビルディングの前の公園で待ちあわせするということで」

新宿駅の西口から高層ビル街に行くための最も効率的なルート。それは横断歩道や階段で何箇所も遮られている地上は歩かずに、いったん地下に下りてから地下道を歩いていくことだ。すると平坦な歩道をまっすぐ歩いていくだけでビル街の一階へと辿り着く。でもなぜ地下一階の延長に地上一階があるのだろう。

私は三井ビルの前に着くと階段を下りて、レンガ色のタイルが敷き詰められた広場で赤城照夫を待った。

七時ちょうどに彼はやって来ると、上ずった声で尋ねてきた。

「ビデオのマスターは手に入ったんですか?」

「ここにはない。マスターは天神プロモーションの手に渡った」

これ以上ないほどガッカリした表情をしている彼に私は言った。

「あんたは赤城凛の叔父さんじゃないよね」

「えっ、なんで」

「ビデオ会社で教えてもらった。あそこで作っているビデオは必ず親と出演契約を結んでいるって。あなたはあの子の母親がイラン人だって言っていたけど、母親は日本人だった。写真をいろいろチェックしたけど、父親はイランに帰ってしまっていて母子家庭なんじゃないかな。生活レベルは高くない。だから赤城凛のビデオ出演を決めたのは母親。それでも母娘の仲はいいみたいだけど」

自分が赤城凛の叔父だと偽っていた男は黙りこんでいる。

「あんたの正体は、ハフハフ・ハーフ&ハーフの運営だね。通称、河田P」

「……その通りです」

「プロに訊きたいんだけど、売れるアイドルの必要条件って何か教えてくれる？」

「えーと、それは人に愛される才能だと思います」

「そんなボンヤリしたものなの？　私は頭の小ささだと思うよ」

河田Ｐは何か言い返そうとしたようだけど口ごもってしまった。私は話を続けた。

「赤城凛の写真を最初に見たとき、この子の背は高いなって思った。なんでそう思ったのか考えてみたら、彼女の頭ってすごく小さいんだよね。私が信頼している人の話だと、顔はあとからいくらでもいじれるけど骨格は変えられないから、芸能プロダクションは頭が小さくて背が低い女の子を血眼で探しているんだって。男子のアイドルやお笑いタレントには小柄な人も多いっていうけど、赤城凛が隣にいたら背がとても高く見えるんじゃないかな。だからうまく売り出せばスターになるかもしれない」

河田Ｐは気がつかなかったという表情をしている。

「そんな彼女に、所属タレントに逃げられて困っている天神プロモーションが目をつけた。赤城凛のポテンシャルをわかっていなかったあんたは、引き抜きに気が動転した。それで腹立ち紛れに、彼女から話を聞いていたビデオを入手して、天神プロモーションから金を揺すり取ってやろうと思いついた。でも人を雇うお金なんてない。そこで、正義のヒーローぶっている私の噂を聞いて、そいつを利用してやろうと考えた。真相はこんなところじゃないの？」

河田Pは答えた。

「ええ、ビンゴですよ……。でもハフハフ・ハーフ&ハーフのコンセプトを作ったのは俺なんです。彼女は俺のヴィジョンの大事なパーツなんですよ。これだけ頑張ってきたのに、それをよそからやってきて一部だけつまみ取ろうなんて、許せませんよ」

「偉そうなことを言うんなら、もっと女の子たちに手間暇をかけてあげなきゃダメだよ。歌舞伎町や百人町のお店の方がまだマシだよ。商品である女の子たちを最低限守ろうとしているからね。でもあんたはその商品を気まぐれに仕入れては、使い捨てにしているだけ。ネットで知ったよ、ハフハフ・ハーフ&ハーフにはオリジナル曲もないし、服もスタジオレンタル代も女の子たち払い。ライブチケットの販売もメンバーにノルマを課しているって。あんたはプロデューサーごっこをして悦に入ってるだけだよ」

「ち、ちがいますよ！　金と時間がない中で、俺はベストを尽くしているんです。じゃなかったら、次々女の子がグループに入れてくれってやってきます？　俺は女の子を食い物になんかしていない！」

「立派な仕事をやっていると思ってるんだね。でももしそうだとしても、この仕事には向いていないと思う。だからはっきり言うけど、荷物をまとめて故郷に帰りなよ」

「なんでそんなことを言われなきゃいけないんですか、俺は絶対帰りませんよ！」

私は仕方なく、両手でカメラのファインダーの形を作ると、頭の中で数字を数えた。五五も数えれば十分だ。ファインダーの景色が過去に遡っていく。そして右手人差し指を河田Pに向けると引き金を引いた。次の瞬間、彼の姿は消えた。

西新宿の高層ビル街の一帯がなぜワンフロアー分、地下に下がっているのか教えてあげる。この一帯は昔、浄水場だった。高層ビル街の一階はもともと浄水場の水底だったのだ。

三分後、再び姿を表した河田Pは溺死寸前の状態で倒れ込んでいた。周りを出勤途中のサラリーマンが歩いているけど、誰も気に留めない。通勤途中で倒れる男なんてこのへんじゃ日常茶飯事の光景なのかもね。

酸欠で意識が朦朧としている河田Pに向かって、私は最終通告を言い渡した。

「あんたの顔をまたこの街で見たら、今度はこれじゃ済まない。カミソリで喉をかき切ってやる。何が流れ出るか見てみたいね」

新宿で働いていたけど今は故郷に帰って幸せに暮らしているという人の話は聞いたことがない。でも溺れ死にそうになったから仕方なく故郷に帰ってきたっていう男がいたら、それは私の仕業だ。

倒れ込んでいる河田Pを放っておいたまま、私は階段をワンフロアあがるとロイヤルホストの店内に入っていった。開店したばかりでまだまばらな客席を見渡すと、ミサオに呼び出してもらっていた人物を窓側の席に見つけた。赤城凛だ。フレンチトーストを頬張っている。私と河田Pのやりとりを見ていたのだろう。彼女は興奮した調子で話しかけてきた。

「マジすごくないですか。ねえねえ何をやったんですか？」

「それは内緒。これでアイツは東京からいなくなると思うけど、ハフハフ・ハーフ&ハーフは大丈夫なのかな？」

「毎回ライブに来てくれてる人に、大企業で部長をやっている沼水さんって人がいて、ずっと俺の方が運営にふさわしいって言い続けていたんですよ。だからその人が色々やってくれると思います」

「あなたはグループを抜けて天神プロモーションに移籍するんだね」

「はい。でもわたしってラッキーですよね、あんな大手から声がかかるなんて。あのビデオのことがずっと気になっていたんですけど、それももう大丈夫になったって言ってくれてるし。でも後列で踊っていたわたしを発見してくれるなんて、スカウトさんには超感謝ですよー」

私は心の中で答えた。ちがう。天神プロモーションのスカウトは、ハフハフ・ハーフ&ハーフのライブなんか見にいっていない。例のビデオに出演している女の子たちの中から、小柄で頭が小さいあなたを選んだだけ。今度は自分たちに絶対逆らわない子をスターにしようって考えているだけだ。

「神武以来の~センセイション!」

突然、赤城凛が言った。

「それなに?」

「天神プロモーションさんが考えてくれたわたしのキャッチフレーズなんです。これでプッシュしまくってくれるって!」

この子は、ビデオの存在をちらつかされながら働かされ続けるのだろう。このまま放っておくわけにはいかない。私は、天神プロモーションのオフィスを金属バットで襲撃して、ビデオのマスターを叩き壊したり、社員たちを淀橋浄水場で窒息させる自分の姿を思い描いた。

「楽、それはやりすぎだ」

パパが耳元で注意する。私は反論する。

「囲間家は黒子であれって言うんでしょ。でもそのせいで悪い奴がはびこったら? それは仕方ないってこと？」

私の中にいるパパが語りかけてくる。

「お前は人間の暗い面も見れるはずだろう。よく考えろ、この子には見た目以外何もない。それだけを手がかりに崖をなんとか這い上がろうとしているのに、お前は崖そのものを崩してしまおうとするのか」

長い沈黙のあと、私は凛ちゃんに言った。

「売れるといいね」

凛ちゃんは朗らかに答えた。

「大丈夫。絶対売れますから！」

私は、赤城凛の手の甲に手を置くと、彼女の分の会計を済ませてロイヤルホストから外に出た。すでに辺りは出勤ラッシュのピークになっていて、あちこちの高層ビルへとサラリーマンたちが吸い込まれていく。でも私は、どの建物にも立ち寄らずに新宿中央公園の方角へと歩いていった。

ビニールハウスが立ち並ぶ公園の向こう側には、室町時代から新宿を護ってきた熊野神社がある。神社と通りを挟んで立つ古いマンションの四階に私は部屋を借りていた。

エレベーターで四階までのぼって、玄関キーを回したときに気がついた。扉がロックされていない。もしかすると内藤の仲間が復讐しに来たのかも。私はアーミーナイフをハンドバッグから取り出すと、音がしないように扉を開け、息を殺しながらダイニングへと歩いていった。

「おはよう」

ダイニングにいたのはミサオだった。そういえば今朝は私を姉さんの仕事場まで車で送ってくれる約束をしていたんだっけ。

「お疲れ。ぜんぶ終わったって感じ？」

「終わってはいないけど、もう止めた」

ミサオはコーヒーをマグカップに注いで私に手渡すと、勝手にテレビのスイッチを入れてチャンネルを民放へと変えた。ニュースのかわりに芸能ネタやグルメコーナーばかりやっているモーニング・ショーが放送されていた。

「ミサオって、バカっぽい番組を観てんだね」

「社会を知るためには必要悪なんだって。楽もただでさえ浮世離れしてるんだから、こういう番組でも観ないと世の中から完全に置いてかれるよ」

番組の司会らしきアナウンサーが、デリカシーのない声で原稿を読みあげる。

「次はブランニュー・フェイスのコーナーです。〝天の岩戸の捧げ物〟というキャッチフレーズで、いま話題沸騰のアイドルです！」

テレビの中で、小柄な女の子がくるくると踊りながら、キンキンした声で歌いはじめた。

二日酔いの頭には辛い。ミサオが言った。

「この子、スゲえ売れそうじゃね？」

頭がとても小さい。手足がすらりと長い。そして大きな瞳が印象的。すべてが赤城凛の上位互換に思えた。直感した、この子のせいで赤城凛は決してスターにはなれないだろうって。

アナウンサーが彼女を褒め称え、画面にはテロップが流れ続けている。私はその子の名前を覚えようとしたけど、すぐに忘れてしまった。

第六話　ファミリー・アフェア

小石川後楽園

午後五時半過ぎ。三十分前に閉園していたにも関わらず、名残惜しそうに庭を眺めていた老婦人を、係員がやんわり追い出すのを見届けると、私はインカムでセッティング開始の合図を出した。待ち構えていたスタッフが、かがり火台を次々とトラックの荷台から下ろしていく。スタッフのひとりが私に訊ねてくる。

「一橋さん。池の周りにかがり火台を置く間隔ってどのくらいでしたっけ?」

「二六尺……七・八八メートルごとに正確に置いてください。それと池ではないよ。大泉水と呼ぶように」

先祖代々お仕えしてきた囲間家《かこいま》の行事のしきたりを、私の代で破るわけにはいかない。

今から五〇〇年近く前にこの小石川後楽園が造られて以来、晩秋の夕べにこの庭園を借り切って囲間家は紅葉を愉しむ会を行ってきた。後楽園は明治維新後に陸軍の管轄になり、戦後に都立公園になったが、それでも秘密の会は行われ続けてきた。国家機密レベルでは公園を設計したのは囲間家であることが認められていたからだ。

世間一般の常識ではこの庭は、明国から亡命してきた高名な儒学者、朱舜水が設計したとされている。だが囲間家の伝承によると彼は囲間家の当時の当主にこう漏らしたという。

「名前をお貸しするのは結構ですが、我が国の風水師が見たらこの庭に私が関わっていないことを瞬時に見破るでしょう。風水を超えた驚くべき法則で作られていますから」

小石川後楽園だけではない。東京の街自体が囲間家の法則で作られたと言ってもいい。

そのルーツは一六世紀に遡る。

豊臣秀吉が関東の雄、後北条氏を滅ぼすと、臣従していた徳川家康はその旧領に封ぜられた。家康は自らの城下町をどこに作るか決めるため、いずこからか陰陽師を呼び寄せた。「海道一の弓取り」の異名を取った戦国の猛者もまた、鬼や祟りを恐れていたからである。

陰陽師は家康の前で開口一番こう提案した。

「京や大阪を超える都を作りたくはありませんか?」

京都や大阪は碁盤の目で区切られた人口都市だ。こうした形の街は、鬼や祟りの影響を最小限に抑えられる反面、自然の霊的な力を活用できない弱点があった。陰陽師は霊的な力を最大限に活かす都市計画を家康に上奏したのだ。

こうして城下町に選ばれたのが、海岸線に台地が迫り、無数の小さな川が蛇行して流れていた江戸だった。陰陽師は徳川家から「囲間」の姓を賜り、江戸を霊的に守護する秘密の職についた。彼の子孫の尽力で、一九世紀に江戸は世界最大の都市となった。

とはいえ自然の力は厄介なものだ。街並みが少しでも変化すると途端に霊気のバランスは崩れてしまう。このため江戸は何度も大火やコレラに襲われた。しかし囲間家はそのたびに新たな法則を探し出して都市の活力を保ち続けた。

江戸の巨大化に伴って囲間家が保持するノウハウは、長崎経由で仕入れた西洋の白魔術や中南米の黒魔術を含んだ膨大かつ複雑なものとなっていき、囲間家無しでは立ち行かなくなった。彼らがいなくなったら都市の秩序はどうなってしまうか分からない。そんな懸念から、明治維新によって都市の名が東京に変わってからも囲間家の地位は保証された。関東大震災や東京大空襲後の再開発、そして東京オリンピックといった街が変化する重要な局面で、隠然たる影響力を行使し続けたのだ。

大泉水の周辺の遊歩道に一定間隔で置いたかがり火台に、スタッフが次々と火を灯していく。そのたびに色づいた木の葉が闇からふっと浮かび上がっていく。公園にはほとんど灯が備え付けられていないので、その効果は格別なものがあった。

「きれいねえ」

私の横に佇んでいた妻の麻由美が声をあげる。もう三十年以上、一緒に立ち会っているはずなのに彼女は初めて見るかのような反応をする。

麻由美が、紅葉林の中に野点傘を据えて茶会の準備を始める。そこからは正面に蓬莱島と呼ばれる大きな岩が浮かび、奥にはかがり火で照らされた木々が立ち並ぶ光景が眺められる。ほぼ完璧な小宇宙だ。

「ほぼ」というのは、東京ドームと東京ドームホテル、文京シビックタワーといった建物が高木の向こう側から顔を覗かせているからだ。

私が父のもとで仕事をし始めた頃はまだ高木の向こう側には何も見えず、江戸時代と寸分も変わらない景色が広がっていた。完璧さを乱すものが建てられたのはバブルとその後の崩壊によって東京が大きく姿を変えた頃だった。

日本人が鬼や祟りを恐れていたのは、その存在を感じ取れる者が少なからず存在したからだ。しかし時代を下っていくごとに、そうした人間は減っていった。囲間家に代々お仕えする我々ですら最早そうした感覚を備えていないのだから、今では殆どいないはずだ。

もし人間に赤と青の区別ができなくなったら、人は赤信号でも平気で横断歩道を渡るようになるだろう。その場合は、車にはねられても単に「運が悪かった」とみなされる。因果に基づく祟りを「運が悪かった」で済ませるようになった時代、それがバブル時代だった。かつての東京が大切に扱ってきた自然や霊的存在との調和は無視されるようになったのだ。

囲間家の先代当主だった修斗様は、勃発する災難を何とか食い止めようと私財を投げ打ち、昼夜を惜しまず働かれた。苦労がたたって病に倒れた修斗様は、二一世紀最初の年に亡くなった。まさに戦死と表現するのが相応しいものだった。

私の五つ上でしかないから生きていてもまだ六六歳。今も現役でご活躍されていてもおかしくない。こんなことを言うと麻由美から必ず怒られるのだが、遺された三人のお嬢様が誰もお嫁に行くのを見届けられずに亡くなったのも無念だったろうと思う。

そんなことを考えていると囲間家の長女、鴎様がお越しになられた。

「広司さん、寒いのにご苦労様です」

飯田橋の駅から歩いて来られたようだ。セーターの上に着込んだダウンジャケットの上に、うしろで緩く編んだ髪がだらんと垂らされている。

「お綺麗なのだから、もっとお洒落すればいいのに勿体ない」

麻由美はいつもそう嘆いているが、鴎様は昔から身なりに構わない人だった。いや、身なりに構う暇がなかったというのが正解かもしれない。

修斗様が亡くなったとき、鴎様はまだ高校三年生だった。鴎様は女子大にエスカレーター進学して小学校の教師になるつもりだったのだが、突如進路を変更すると国立大学の建築科に進学された。そして不審がる私をよそに卒業後に大手ゼネコンに就職したのだ。

鴎様の真意が判明したのは二年後のことだった。お嬢様は一級建築士の試験に合格すると会社から独立して、囲間建築事務所を設立した。財産を減らす一方だった父親の失敗を踏まえて、東京の大規模開発に設計協力会社として入り込み、合法的にビジネスを行なおうと考えたのだ。私も建築事務所の専務取締役ということになった。

「なぜ計画を話してくれなかったのですか？」

そう尋ねると鴎様がこう答えられたのを覚えている。

「そんなこと話したら、広司さんは一級建築士の試験問題を裏ルートで仕入れてきちゃうでしょう？　それは絶対嫌だったので」

一級建築士より遥かにやさしいインテリアコーディネーターの試験問題を裏から手に入れるよう懇願してきた楽様とはえらい違いだ。

「広司おじさん、きたよー」

すると当事者である次女の楽様が声をかけてきた。ヘルメットを手にしているところからすると、新宿からバイクで走って来られたようだ。革ジャンにブラックジーンズというでたちは庭園のイメージと全くそぐわないが、そこが楽様らしい。昔から空気を読むことを一切せず、問題ばかり起こしていたけどなぜか憎めない、そんなお方だ。

「今日はずいぶんワイルドなのねー」

麻由美は楽様に会うといつも嬉しそうだ。楽様が生まれたばかりのとき、奥様は病に伏せっていたため、同じ月に生まれた息子の貞と一緒に母乳をあげていた時期があったからだ。

囲間家に生まれる者は代々、霊的な存在を感じ取り、それを操る強い霊能力を備えていた。こうした特別な子どもを生むと母体はひどく消耗してしまうらしい。修斗様はそれを慮って鴎様と楽様の間に五年の間隔をもうけられたが、それでも奥様は弱ってしまわれた。

おふたりが危険を承知で第二子をもうけられたのは男の子が欲しかったからだ。父親と母親の両方に霊感がないと霊能力は子どもに受け継がれない。伊勢や吉野には霊感を持つ女の子がごく稀に生まれる里が今も存在しているので、世継ぎの男子がそこから妻を迎えれば霊能力は次の代に受け継がれていく。奥様も伊勢からお越しになられた。しかし霊感を持つ男の子が自然発生的に誕生する可能性はとても少ないため、子どもが女の子だけの場合は囲間家の血統が絶えかねないのだ。

名門の家系を自分のせいで絶やすわけにはいかない。奥様は責任感から、五年後にみたびの妊娠を自ら望まれた。その結果、出産と同時に亡くなってしまわれた。しかも生まれたお子様はまたしても女の子だった。

「パパ、ママ。遅くなってごめんなさい」

私たち夫婦をパパ、ママと呼んでくれる三女の雨様がタクシーから降りてきた。

ぼかし格子の藍色の着物にやはり格子柄で葡萄があしらわれた名古屋帯を締め、江戸小紋の灰色の羽織を重ね着している。羽織の背には上がり藤の中心に「間」の字があしらわれた囲間家の家紋があしらわれている。奥様から受け継いだものだ。かつて紅葉の会ではお三方ともこうした着物をお召しになり、華やかなことこの上なかったのだが、今ではきちんとした格好をされるのは雨様だけになってしまった。

「あんたってほんとうに可愛いよねー」

楽様がそう言いながら雨様をスマホでパシャパシャ撮りはじめ、スマホ嫌いの鴎様は隣で苦々しい表情を浮かべている。

修斗様が亡くなられたとき雨様はまだ小学二年生だったため、父親から霊能力の使い方を伝授されていた二人の姉と違って何も教わらなかった。そのせいか幼いころから「わたしは丸の内OLになって普通の人と結婚する」と言っていて、現在では私の口利きで就職した会社で働いている。

但しいつもどこかボンヤリしている子なので、複雑なオフィスワークができるとは到底思えない。自分の子のように育てていた私と麻由美はそのことを心配していた。

事実、雨様は「いまキテる街だから」という理由で松陰神社前の2LDKのマンションを借り、OL向けファッション雑誌のグラビアに載っている服を丸ごと買ったりしているのだが、合計金額は給料を遥かに上回るもので、赤字分はすべてこちらで負担しているのだった。

風がそよいでゆっくりと揺れる紅葉の下で茶会が始まった。昔は神楽坂の「うを徳」に仕出し弁当を作らせて取り寄せていたのだが、修斗様の十三回忌になる年に鴎様が「もうこんな贅沢はいいでしょう」と止めてしまい、翌年からは三人のお嬢様が各々食べ物を持ち寄るようになった。美食家だった修斗様の影響で舌が肥えてしまった私には辛いのだが、これも時代の流れなのだろう。

鴎様が持ってきたのは昨年と同じおにぎりと唐揚げ。お住まいになっている豊洲のタワーマンションの一階に入っているコンビニの商品で、すぐそばの工場で作っているから普通のコンビニのものより美味しいのだと主張されている。それを雨様が東京駅のGRANSTAで買ってきたサラダと一緒に銀食器に取り分け、楽様がカリフォルニアワインのオーパス・ワンの栓を開けた。

お嬢様たちはとても仲は良いのだが、齢が離れていて今は別々に住まわれているせいか、話が微妙に噛み合わない。重要な内容を話し合うときには、そっけない会話をしながら、口調や表情から相手の考えを感じ取っている。そんなやりとりが今晩も始まった。議題はもちろん囲間家の将来をどうするのか、誰が霊能力を持つ子を出産する危険な任務に挑むかである。

私はお嬢様たちが生まれたときからお仕えしているせいか、会話の影に隠されたお三方の真意を理解することが出来る。

「姉さん、相変わらず忙しそうだよね。プライベートの方はどう？（念のため確認しておくけど、鴟姉さんは霊能力を持つ男と結婚して子どもを産む気持ちはないんだよね？）」

「それどころじゃないから。オリンピック関係の再開発でバランスが乱れて、残留思念が至るところでモンスター化しているのよ。またあなたにも手伝ってもらうからね（楽ちゃん、私はこの仕事自体にはやり甲斐を感じているけど、それを次の代に繋ぐことには興味がないから。ていうか、あなたもそんなことは考えなくていいからね）」

「うん、わかった。でも私も色々やることがあるからさ（やっぱりそうか。じゃあ私はアンダーグラウンド界隈で霊能力を持つ男を見つけて、排卵日にファックして妊娠するから。で、生まれた子は鴟姉さんが後継者として育てるってことでオッケー？）」

「モンスターは予告なしに現れるんだから。必要なときは呼ぶからね（楽ちゃん、そんな計画まだ本気で考えていたの？　不衛生な街をほっつき歩いてなんかいないで、もっと自分を大切にして。私たちは出来ることだけやればいいのよ）」

「鴟ちゃん、楽ちゃん、わたしも呼ばれれば行くけど……（ふたりがそういうつもりなら、私が霊能力を持った男子を一生懸命探して結婚するけど)」

「雨ちゃんはいいから!(言葉通り)」

「うわー、やっぱり三人姉妹って華やかでいいよねー」

とつぜん男の声がした。振り返ると髪をブロンドに染めた黒いスーツ姿の男が立っていた。

京南大学の文学部史学地理学科准教授、阿房家《あほおけ》誠だった。

不意の来客に、楽様が怒った。

「囲間家の行事にアホー家が来んなよ!」

「ひどいなあ、楽ちゃん。ぼくも囲間家の血を引いているんだぜ」

阿房家は霊能力が弱いという理由で、元禄年間に廃嫡された当時の囲間家の長男が立ち上げた分家だ。

奇妙な苗字の由来は、長男の怨念にある。彼は「かこいま」をあいうえおで一つずつ前にずらした「おけあほ」をアレンジした苗字を名乗ることで、自分が囲間家の上を行く者であると宣言したのだ。そして代々の男子が吉野の村落から霊能力のある女子を娶ることで、これまで霊能力を維持してきたと主張している。

しかし楽様に言わせると、阿房家に霊能力があるかは疑わしいらしい。

「だってあの一家さ、毎年上野公園で花見会を開いているっていうじゃない？　一五〇年前の上野戦争で三〇〇人近くが戦死して、東京大空襲では遺体の仮置場として焼死体で埋め尽くされたあそこでだよ。霊能力が少しでもあったらとても呑気に酒なんて飲めないわけ。なのにあいつら、あそこで酔っ払えるんだからね」

鴎様はそこまでは否定してはいないものの、一〇年前に阿房家から寄せられた誠との縁談はきっぱり断っていた。縁談には彼らの陰謀もあった。分家して以来、神奈川で細々と祭事を行なっていた阿房家は、修斗様が病に倒れると代理と称して東京で仕事を取り始めた。ときには建築計画自体の変更も辞さない囲間家と違って、気軽にゴーサインを出してくれる阿房家は企業にとって都合がいい存在だった。

そして修斗様の死後、彼らは平成の東京のランドマークとされるスポットの霊的なコンサルタントを立て続けに手がけて隠れた名声を確立したのだった。しかも現当主の息子である誠は、お堅い学会の若きホープという地位と、ホストと見間違いそうな派手なルックスのギャップを武器にメディアで顔を売りつつあった。

あとは滅びゆく本家を乗っ取るだけ。そう考えて阿房家は鴎様に縁談を申し入れたわけだ。ところが鴎様は断ったばかりか家業を復興し、阿房家の前に立ち塞がったのだ。現在の両家の勝負は五分五分といったところだ。

そんな宿敵を前にして鴟様は意外な言葉を口にした。

「ようこそお越しくださいました」

「えっ、何それ？」

楽様が驚く。

「正式なお願いをしたかったから誠さんをこの場にお招きしたの」

「そんな気がしたから来てみたんだけどさ。で、お願いって何？」

誠が期待混じりの声で訊ねる。

鴟様が答えた。

「いま品川新駅の仕事をなさっていますよね？」

「あ、まだ内緒だけどその駅、高輪ゲートウェイって名前に決まったんだよね」

「そんなアホっぽい名前つけたの、お前だろ！」

楽様が怒る。

「楽ちゃん、いいから」

鴟様は楽様を制して、ご自分の要望を誠に告げた。

「あの仕事を囲間家に移管して欲しいのです」

誠はしばらく呆気にとられていたあと、反論しはじめた。

「おいおい、あんなビッグ・プロジェクト、うちが手放すわけないだろ！」

「あの駅は東京の中心部から見て南西、つまり〝裏鬼門〟の方角に当たるのはご存知でしょう。ほかの場所はともかく、あの駅の霊的な設計を失敗したら東京は滅びかねないの」

「それは横暴ってもんじゃないのか？　そもそも阿房家の霊能力を見くびってもらっちゃ困る」

「そう言って私の忠告を聞かずに引き受けた仕事をほっぽり出した過去を忘れてしまったのですか？　あの後始末で今どれだけ苦労していることか」

静かに怒りを込めた姉の姿を、楽様と雨様は黙って見守っていた。誠もしばらくは鴎様の気迫に押されていた。だがやがて何か思いついたのか笑みを浮かべながら、詰め寄る鴎様を制止した。

「わかりました。高輪ゲートウェイの仕事は鴎さんに譲りましょう。ただし条件があります」

「条件とは何でしょう？」

「雨さんとお付き合いをさせて頂けませんか？　もちろん結婚を前提としたものです」

誠にとっては妙案だろう。

霊能力に疑問がある阿房家よりも鴎様が品川新駅を担当した方が東京の安全は保たれる

だろう。勝負はそのあとだ。仕事第一の鴎様と、行きずりの霊能力者と子どもを作るという実現困難なプランを思い描いている楽様はおそらく子どもを残さずに死ぬ。そのとき囲間家の跡を継ぐのは自分と雨様の子どもになるわけだ。

「あんたさ、姉さんと同い年でしょ。ということは雨ちゃんの十歳も年上じゃない。このロリコン！」

楽様が激昂する。そういえばこの方の気性を知っていたからか、阿房家が楽様に縁談を申し入れることはなかった。

「イヤだなあ、純粋に素敵な人だと思うから交際したいと思っているだけですよ」

白々しく弁解する誠を見つめながら、鴎様が語りかけた。

「本当に雨のことが好きなら、そんなことは考えないはずです。霊能力を持つ者を生んで長生きした人はほとんどいないのですから。あなたのお母様だって早く亡くなられたでしょう？」

「そこには見解の相違がありますね。第一に科学的な根拠がない。早死にした人が偶然多いだけかもしれない。第二に、たとえそうだとしても僕らには高貴な血統を次世代に繋いでいく責任があるんじゃないでしょうか」

この発言を聞いて、鴎様と楽様はたとえ東京が滅びようと雨様を守る方を決心したようだった。しかし誠を罰しようにも、この場所では、お二人の霊能力は発揮できそうにもなかった。鵼様の得意技は、残留思念の集積体である魔物を操ることだったが、江戸時代から庭園だったこの場所に怨念が集まっているとは思えない。楽様が得意としていたのは、相手を現在いる場所の過去の世界に送り込むことだったが、送った先も同じ庭園では効果はゼロに等しい。

するとと雨様が口を開かれた。

「誠さん、品川新駅の仕事を無条件で姉に譲ってください。そうでないと大変なことが起きますよ」

「大変なこと？　東京の裏鬼門を守るくらい僕にだって出来ます」

「お断りするのですか？」

「無条件だなんて。そんなバカな話、受けるわけがないでしょう」

「では大変なことを起こしますので」

そう言うと雨様は袖を捲ると、呪文のようなものを唱えながら手毬をつくような仕草をはじめた。すると、ちょうど毬があたる辺りの闇が薄くなり、何かが浮かび上がってきた。

その何かは、髷を結い小袖姿で大刀を指していた。若い武士だった。

武士はすぐ目の前に雨様が立っているのを見ると、その美しさに顔を赤らめた。

雨様は「囲間家の者です」と言うと、くるっと回って背中の家紋を武士に見せた。

「こ、これは恐れ多い！」

恐縮する武士の前で、雨様は誠を指さすとこう言った。

「助けてください。あの南蛮人に襲われそうになっているのです」

「おのれ、恐れ多くも天下の副将軍の庭園で、囲間家の姫君に狼藉とは許すまじ！」

武士は刀を抜くと誠に近づいていった。事態を察した誠は、顔を蒼白にして逃走した。

「待て、待たんか！」

それを武士が追いかけていく。

遠くに走り去っていく二人を眺めながら、鴎様と楽様が口を揃えて雨様に訊ねた。

「もしかして〝招聘〟の技を使った？」

「うん、鴎ちゃんの部屋に泊めてもらったとき、本に書いてあったのを読んでいたから、うろ覚えでやってみたんだけど何とか出来たね」

私も思わず分をわきまえずに尋ねてしまった。

「〝招聘〟とは一体何を招いたんですか？」

「えーと、この場所に昔いた人。小石川後楽園って昔は、水戸藩の屋敷の一部だったでしょう？　水戸藩って幕末の頃は尊王攘夷の藩として外国人を敵視していたから、その頃の人に助けてもらえばいいかな、って考えて幕末から呼んでみたの」

楽様が感心する。

「すごいよ雨ちゃん、私も練習したけど全然ダメだったんだよね」

鵙様も同意する。

「私も無理だった。たぶん父さんも出来なかったはず。そういえば〝招聘〟って過去からどのくらいの時間、呼んでいられるんだっけ？」

雨様が答える。

「たしか二〇分くらいかな？　そのあと自然に消えて元の時代に戻るはず」

「二〇分！　それだけあったら、あの金髪ブタ野郎、確実に斬られるね」

楽様が楽しそうに笑った。

鵙様は真顔で言った。

「いずれにせよ阿房家は品川新駅の仕事をこちらに譲ってくると思う。雨ちゃんありがとう」

雨様がおずおずと訊ねる。

「鵙ちゃん、楽ちゃん、仕事手伝えって言われればわたしも行くけど……（どうやら私が一番才能あるっぽいから、私が霊能力を持った男子を探して結婚するよ）」

ふたりの姉はシンクロして言った。

「雨ちゃんはいいから！（言葉通り）」

このやりとりを最後に、お嬢様たちは重要な内容を話し合う気を無くしてしまったようだった。

お三方はしばらく静かにお食事を楽しまれていたが、楽様が突然「うわっ、体が急に冷えてきた。ねえ、ラクーア行かない？」と提案すると、あとのふたりは「賛成」「いいね」と言うなり帰り支度をはじめ、「ごきげんよう」「じゃあ」「パパ、ママまたねー」などと言いながら足早に去っていかれてしまった。

暗闇の中、お嬢様たちの後ろ姿が消えるまで見送る私に、麻由美が話しかけてきた。

「また言いそびれてしまったわね、恋様のこと」

第七話　シャンデリア

赤坂・六本木

パート一　海崎信如

鳥越翔太が待ち合わせ場所に指定した病院は、乃木坂駅のすぐそばだった。夜間受付口からガランとしたロビーに入ると、すぐにあいつの姿が見えた。

「ノブ、久しぶり」

目が覚めるような鮮やかなブルーのロングコートなんか着ちゃって、相変わらずクソカッコいい。天パーなのか念入りにセットしているのか分からないあいつのクルクルした巻き毛を目にするたび、坊主頭の俺は気後れしてしまう。

俺が翔太と知り合ったのは中学の頃だ。そのときは敵対するカラーギャング、スカギャンとCボーイズ浅草支部のヘッド同士としてだった。

でも俺は中三の秋にはそういった活動にはすっかり飽きてしまい、真面目に勉強するようになった。結果、地元で一番レベルが高い公立校に進学したのだが、似たようなことを思っていたのか、あいつも同じ高校に進学してきたのだ。

その高校には中学時代にカラーギャングだった奴なんて他にいなかったので、自然と翔太とツルむようになった。まあ親友になったといってもいい。あいつの初体験の相手なんか男女両方とも知っているくらいだ。そう、翔太はバイ・セクシャルなのだ。ちなみに同性にときめいた最初の相手はなんと俺だそうで、タイマンしたときにこれまでになかった感覚を覚えたとか言っている。まあ、半分冗談だろうけど、少女漫画に出てくるようなイケメンからそう言われたら悪い気はしない。

「店の方は順調?」

「まあね。お前は」

「相変わらず。一昨日までネパールまでフィールドワークに行ってた」

ビルオーナーの息子である翔太は家業を継いで、今は都内でカフェやバーを幾つも経営していている。僧侶の息子である俺もある意味、家業を継いだのかもしれない。大学では宗教人類学なんてケッタイな学問を専攻して、そのまま大学院で助手をやっているのだから。今日は久しぶりに研究室に顔を出して、このまま実家に帰るのも寂しいなあと思っていたところに翔太からＬＩＮＥが送られてきた。待ち合わせ場所が病院ってことは、飲み会になる可能性はまずないだろうけど。

翔太の表情が真剣なものに変わった。

「さっそく話なんだけどさ、ミカエルさんって覚えている？」

「Cボーイズの大幹部だろ。お前まだ付き合いがあったんだ？」

ミカエル・セヴェリ。一九九〇年代にハウスDJとしてフィンランドから来日してきた彼は、DJブームが衰退して稼ぎが半減したのをきっかけに、もうひとつの仕事に専念するようになった。パーティ・ドラッグの売買だ。Cボーイズに迎え入れられたミカエルは、地下世界にその名を轟かせるようになった。現在はその時代の蓄えで優雅に暮らしていると、風の噂に聞いている。

「あの人、繁華街のビルを結構な数持っているから、たまに世話になっていたんだ。電話がかかってきたのは久しぶりだった。話はこうだ。ミカエルさんの下に内藤って奴がいるんだけど、そいつがハロウィンの仮装パーティーの最中に渋谷の交差点で襲われたんだ」

「すぐに犯人は捕まったんだろ？」

「ところが誰も目撃していないんだ。一緒にいた連中の話だと、内藤がいきなりナイフを取り出して、自分を滅多刺しし始めたようにしか見えなかったらしい。パンピーにはパフォーマンスと勘違いされて大ウケだったってさ。この病院に担ぎ込まれてから、もう一ヶ月以上も意識不明のままだ」

「クスリで頭がおかしくなったんじゃないのか」

「警察もその線で考えているからこの件では全く動いていない。渋谷のハロウィンにこれ以上悪いイメージを与えるわけにはいかないしな。でもミカエルさんはお前のことを思い出してさ。それで、ぼくに問い合わせの電話がきたってわけ」

翔太とタイマンしたとき、俺は偶然、自分が持つ霊能力を初めて使った。当時、報告を受けたミカエルはタイマンで負けた翔太の苦し紛れの言いわけだと思ったにちがいない。でもありえない襲撃事件を前にして考え直したのだろう。

「Cボーイズと対立していた俺の仕業だって言うわけ？　いつの時代の話だよ。それに俺たちの代が引退したあと、スカギャンが子ども神輿の親睦会に戻ったのは知っているだろう？」

「ミカエルさんだってそんなことは分かっているって。それほど犯人探しに行き詰まっているんだよ」

「だいたいそんな霊能力は俺にはない。それにハロウィンの夜は、もうネパールにいた。大学の記録を調べれば分かる。アリバイ成立。ミカエルにはそう伝えといてくれ」

「わかった。お前じゃないことは分かっていたけどさ。今日こんなところに来てもらったのは、内藤の様子を見てもらいたかったからなんだ」

翔太に連れられて俺はエレベーターで六階にあがった。病室は非常階段の隣。ギャングのセオリーを守っている。内藤の周辺が今も裏家業に精を出していることが分かった。

ベッドに寝かされた内藤は、マンガに出てくる怪我人のように全身が包帯でグルグル巻きだった。体には点滴やカテーテルが何本も取り付けられている。俺は思わず声をあげてしまった。

「ひでえな」

「深さ三センチ以上の傷が五〇箇所近くあるらしい」

もし内藤がハードなドラッグをキメていたとしても、それだけの回数、全力で自分を滅多刺しにするなんて不可能だ。

「内藤を恨んでいた相手とか心当たりはないのか？」

「しょっちゅうトラブっていたから数えきれないってさ。この夏も、女と揉めて新宿駅前で大怪我を負わされて、ここに通院していたらしい」

「女の身元は割れているのか？」

「名字はわからないけど、下の名前が楽ってことだけは分かった。店の連中に聞いてみたんだけど、モデル体型の美人なのに飲みっぷりがいいことで知られていて、新宿界隈では顔らしい。でもミカエルさんによると、その女には絶対手を出すなってお達しがもっと上から来ているそうだ。もしかすると、どこかの暴力団の組長の娘なのかもな」

組長の娘じゃない。東京を護る陰陽師の一族、囲間家の次女だ。ここで名前を聞いたのも何かの縁かもしれない。

「内藤のスマホを調べられないかな。女との通話記録が残っているかも」

翔太は、内藤のベッドサイドの引き出しからスマホを取り出すと、画面を確認しはじめた。

「このショートメールが怪しいな。八月二四日午前一時二六分着信。題名は『シルバーサーフ・フィルムズの件で至急話したい』本文は『場所は新宿東口前の広場。目印は、黒いドレスを着た女』」

俺はふと思った。オヤジからは囲間家の人間と直接会うのは固く禁じられている。でも偶然出会ったことにしてしまえばいいんじゃないかって。

「ちょっと見せてくれないかな」

俺は翔太からスマホを奪い取ると、返信メールを打った。

「題名『楽へ、囲間家の件で至急話したい』『場所は任せるけど赤坂周辺希望』」

翔太の顔色が変わった。

「ノブ、お前、楽って女を呼びつけるのか？　だから手を出すなって……」

「Cボーイズじゃなくて、俺個人の判断で呼び出しているんだから問題ないだろ？　それに何か手がかりを掴めるかも」

俺はメールを送信すると、スマホを引き出しに戻すために内藤の枕元へと近づいていった。その時、何者かが俺の手首を掴むのを感じた。手元を見ると、包帯で包まれた内藤と顔が合った。奴の口がぐわっと開くと、ガスのようなものが口の中から溢れ出てきて、俺の口を無理やりこじ開けると、体の中へと入ってきた。

これはマズい。自分を制御しないと楽さんに迷惑をかけてしまう。でもこの非常事態をどうにかできるのは、これから会う彼女以外にいないことも確かだった。

パート二　囲間鴎

タクシーは、虎ノ門の交差点を右折して国道一号から外堀通りへと入っていった。もうじき赤坂見附だ。後部座席に沈みこむように座っていた私は、ふたつの過ちを後悔していた。

ひとつは睡眠薬を飲んでしまったこと。今この瞬間も睡魔と戦っている。もうひとつはブラトップの上にガウンを羽織っただけの格好でタクシーに乗り込んでしまったことだ。

今夜の私は、悪霊を鎮める仕事を三つもこなしたあとでヘトヘトだった。でもこういう日に限って興奮してしまって、なかなか寝つけない。お風呂に入るのも、マンションの一階に入っているコンビニに食べる物を買いに行くのも面倒臭いので、ビタミン注射だけ打って眠ってしまおうと思った。そして睡眠薬を飲みこんだちょうどその時に電話が鳴り、続いて鈍い音とともにファックスが送られてきたのだった。

病院のカルテのコピーのようだ。写真に写されたクランケの顔には深い傷跡が無数に刻まれている。おぞましさを感じる以上に興味をそそられた。何処かで見たことがある気がする。記憶を辿っていると、今度は電話がかかってきた。

「鴎様ですね。よかった。お部屋にいらっしゃいましたか」

執事の息子、一橋貞《みさお》からだった。

「ミサオくん、〝様〟付けは気持ち悪いからいいよ。楽とはタメ口で話しているんでしょ」

「恐縮です。実は楽も絡んでいる件でして」

「このファックスと関係あるのね」

「お送りしたのは、内藤夜太という半グレの男のカルテです。八月に楽がこの男を懲らしめたのですが、今になって彼から『囲間家の件で至急話したい』というメールが来たので、楽に転送したんです。楽は待ち合わせ場所として、赤坂見附駅の通りを挟んで向かいのビルに立つクリスマスツリーを指定しました」

「あそこなら、あの子は安心」

「ぼくもそう思ったんですが、念のため内藤のSNSをチェックしたら、一ヶ月以上更新されていないんです。さらに調べたら奴はハロウィンの夜に渋谷の交差点で自傷騒ぎを起こして以来、入院中だと判明しました」

「その容態が記されているのが、このファックスってわけね」

「はい」

「この傷のパターンって、もしかして……ゾディアック？」

「可能性は高いと思います。内藤の代わりに楽を呼び出した者の正体も気になります」

「ミサオくん、渋谷でいま杭工事を行なっているビルを割り出して。ビルが見つかったらお札を用意して、私が合図するまでそのビルの前で待機していて。私はタクシーを拾って赤坂見附の様子を見てくるから」

　こうして私は、着の身着のままでマンションの部屋を飛び出したのだ。こんな最悪のコンディションで、よりによってゾディアックと戦うことになるなんて。

　タクシーの窓からオフィス街を眺めていると高い木が見えた。小さな赤い飾りが幾つもぶら下がっている。きっとあれがクリスマスツリーだ。私は慌ててタクシーを停車させると、大通りを渡りながら、誰かいないか周りを確認した。クリスマスツリーの下で三人の男女が対峙しているのが見えた。何も知らない人が見たら、忘年会シーズンで酔っ払っている会社員に見えたかもしれない。でも私には分かった。三人は今、東京の存亡を賭けた戦いを繰り広げているって。

パート三　鳥越翔太

気がつくと、ぼくは燃え盛る炎に包まれていた。

周囲を見回すと、ホテルのような空間の長くて狭い内廊下の真ん中に立っていることが分かった。どうしてこんな場所にいるのだろう。遠くの方からは悲鳴やガラスが割れるような音が聞こえる。

さっきまで、ぼくらは大通り沿いのオープンスペースに立ったクリスマスツリーの下にいたはずだ。ノブが連絡を取った楽という女が指定した場所だったので、念のためすぐそこから逃げ出せるようにと、通りにはぼくのテスラを横付けしていた。女がバイクに乗ってやってきたのは、ぼくらが着いて一五分くらい経ってからだった。革ジャンにブラックジーンズという出で立ちの女は、ヘルメットを取るなりノブに話しかけてきた。

「内藤じゃないとは思ったけどさ。で、何の用？」

「囲間楽さんですね。今日はあなたにお会いしたかっただけなんですけど、ごめんなさい。俺、ミスりました！　何かが俺に伝染したみたいで……」

話しかけようとするノブの口が大きく開かれると、中からガスのようなものが飛び出て来て、楽の口に吸い込まれていった。彼女が豹変したのはそのすぐ後だ。怒りに満ちた目で、両手の指でカメラのファインダーのような形を作ると、ぼくたちを銃で撃つようなポーズを取ったのだ。途端に周りの景色がぐにゃっと歪んだ。次の瞬間、ぼくはこの燃え盛る廊下に立っていたというわけだ。

なぜ彼女はぼくをこんな目に遭わせたのだろう。ひょっとして、ぼくがあまりに美しすぎるせいで、三島由紀夫の「金閣寺」みたいに燃やしたくなったとか？

自分の妄想にウットリしていると、隣に立っていたノブに怒鳴られた。

「何ニヤケてんだよ。この炎は本物だからウカウカしていると焼け死ぬぞ」

「え、どういうこと？」

「ここは、さっきいた場所の過去の世界で、俺たちはそこに送り込まれたんだ」

「過去ってことは、ホテルニュージャパンか」

「ホテルニュージャパン？」

「一九八二年にこの場所に立っていたホテルで、寝タバコが原因で火災事故が起きたんだ。オーナーはロビーのシャンデリアに大金をかける一方で、消火設備に手を抜いていたから、ホテルはあっという間に全焼してしまった」

「お前よくそんなこと知ってるな」

「商売柄、東京のナイトクラブやバーの歴史を研究しているうちにオタクになっちゃったんだよね……そうだ！」

たしかホテルの南東側までは炎が回らなかったはずだ。ぼくは煙越しに廊下のサインを確認すると、ノブの手を取って走り出した。廊下の正面はYの字型に分かれていて、さらにそれが枝分かれしている。この複雑な配棟が大惨事を引き起こす原因になったのだが、逆に南東側がどちらかの方角なのか感覚的に理解出来る。廊下の終点まで走り抜けると煙は薄くなった。ここまで来たなら大丈夫だ。

「翔太、サンキュー。でもこのあとが問題だな」

「というと？」

「そろそろ霊能力の効き目が消えて、俺たちは現代に戻れるとは思う。でもそこでは楽さんが待ち構えていて、俺たちはまたこの世界に送り込まれちゃうってわけ。こんなことを何度も繰り返されたらこっちの体力が尽きてしまう」

「ノブも対抗すればいいよ」

「えっ？」

「昔、お前がぼくにやった過去の景色を映し出す技を使えばいい。えーと、そうだな。日時は一九六四年五月二五日。場所はこの場所の地下。現代に戻った瞬間に、そこの景色を映しだすんだ。楽はびっくりするはず」

ノブはうなずいた。ぼくたちは廊下の隅っこで女の技の効力が切れるのを待った。周りの景色が次第にぐにゃっと歪み始めた。

「今だ！」

ノブは両手を合わせて般若心経を唱えはじめた。すると、ぼくたちの頭上には貝のようなフォルムをした白い天井が現れた。周りにはアメリカ人らしきダンディなピアニストを中心に、ドラム、ベース、ギター、サックス奏者がいて、更に後ろには正装した日本人のビッグバンドがずらっと顔を揃えている。どうやらうろ覚えだった日付が合っていたようだ。ショータイムのスタートだ。ぼくたちの目の前にはカクテルドレスを着た艶かしい女性シンガーが現れると、吐息交じりに「フライ・ミー・トゥー・ザ・ムーン」を歌い出した。テン年代とは別世界の光景に、ぼくらを待ち構えていた楽は呆気に取られている。

ノブが怒り出した。

「これ、何だよ?」

「えっ、ホテルニュージャパンの地下にあった伝説のクラブ、ニューラテンクオーターで行われたジュリー・ロンドンの来日公演だけど」

「これ、単なるお前の趣味だろ」

「まあ、見たかっただけって言われればそうだけどさ。単なるトリックだって気づかれる前に車で逃げようぜ」

ぼくがそう言い終わるか終わらないかのタイミングで、背後から女性の声が聞こえた。

「そういうわけにはいかないの」

振り返ると、そこにはガウン姿の気怠げな美女が立っていた。

ノブが興奮してガウンの女性に話しかける。

「もしかして貴方、囲間鴎さんでは……。俺、海崎信如といいます。すみません。俺のせいで妹さんに何かが伝染ちゃったみたいで」

鴎さんと呼ばれた女性は表情を曇らせた。

「ゾディアックは楽に取り憑いているのね」

「ゾディアック?」

「東京に住む人々のストレスが集積して出来た悪意の塊。暴力衝動だけで出来上がった残留思念ってところね。これまでも人間に取り憑いては凶悪犯罪を起こしてきたの。その発端はゾディアックの残留思念にあると私は考えているんだけど」

名前を聞いたぼくはつい口を挟んでしまった。

「ゾディアックって、七〇年代にサンフランシスコで連続殺人事件を起こしながら、捕まっていない殺人犯ですよね？」

「戦前、青山学院大学のキャンパスに子ども時代のゾディアックが住んでいたという話があるのよ。活動範囲が城南中心で、犯罪を起こしはじめた時期も、ちょうど同じだから、私たちが勝手にそう呼んでいるだけなんだけどね。ともかく、そのゾディアックと私たちの父が昭和の終わり頃に対決したの。最終的に父は、渋谷と青山、麻布を囲む三ポイントに強力なお札を仕込んで、そこにゾディアックをおびきだして封印した」

「じゃあもう安心なはずですよね。今になってなぜ？」

「最近、渋谷の再開発でビルがあちこちで取り壊されているでしょう。きっとそれで空気の流れが変わってお札の効力が薄れたのね。ハロウィンの夜、街に漂う邪気によって解放されたゾディアックは、そこにいた中で一番暴力衝動が強い男に取り憑いた。でも強すぎる力に耐えきれなかった男は自傷行為で力を使い果たしてしまった」

「それが内藤だったってわけか。で、俺を経由して楽さんに伝染したんだ」

何だかワケがわからない話だったけど、ノブは納得したようだった。鴎さんがノブに尋ねる。

「ゾディアックにはより強い力を持つ人間に伝染していく性質があるの。ということは、あなたの方があの半グレより強いってことになるけど、ちょっと信じられないわ。楽みたいに暴れなかったのも不思議だし」

ノブは得意げに答えた。

「俺もあなたたちと同じような霊能力を持っているんです。一番得意なのは霊力を抑えつけることで」

「残留思念の力を制御できるのね。それは他人に取り憑いた残留思念にも使える?」

「一応。つい最近までネパールで悪霊とやりあったときも使いましたから」

鴎さんは言った。

「このままだと楽は周囲の人々を傷つけ続けてしまう。安全のために一旦ゾディアックを私に伝染させるから、あなたは私を抑えつけて。そのあと残留思念が強いエリアに行って、その場所の力を利用してゾディアックを身体から引き剥がすから」

ノブは困惑した顔をした。

「今いるところって大火事の現場みたいですよ。ここで全部済ませられないんですか？」

「ここでは無理。すぐそばに山王日枝神社があるでしょ。こういう場所って残留思念が鎮められてしまっているから、私には操れないの」

「あんな凄い相手だと、俺も一〇分やそこらしか制御できないかもしれません」

「車があるんでしょう？　みんなで霊力が強い場所を探しに行きましょう」

「見つからなかったら、どうするんです？」

鴎さんは弱々しい笑みを浮かべながら答えた。

「そのときは自分で自分を始末する」

そう言うと鴎さんは、「楽ちゃん、私」と呼びかけながら女に近づいていった。楽から鴎さんに口移しのような形でガスが流れ込んでいくのが見えた。ジュリー・ロンドンが歌い終わった瞬間だった。

パート四　囲間楽

ひどく体が痛む。はっと我にかえると、私は車の後部座席に押し込められていた。隣には朦朧としている姉さんがいて、そのまた隣には坊主頭の男子が姉さんに両手で呪いみたいなものをかけている。

「ちょっと何やってんのよ！」

私が坊主頭に手をあげようとすると、姉さんが辛そうな表情で制止して、これまでの経緯を説明してくれた。悪霊ゾディアックが、半グレの内藤、坊主頭、私を経て今は姉さんに取り憑いていて、これからみんなで近場のスピリチャル・スポットを探して除霊を試みようとしているのだ。

途端に悔しさが私を襲ってきた。

「あー、なんでこの坊主がゾディアックを制御できて、私ができなかったわけ！」

坊主頭がしたり顔で話しかけてくる。

「穏やかな心を保つことっすよ。そのためには規則正しい生活を送らないと。まず行なうべきなのは早起きで……」

「ノブ。この人はそんな解決策なんか聞きたがってないって。こういう時は相手のグチをひたすら聞いてあげないとダメなんだよ」

運転席に座っているイケメンが坊主頭に釘を刺す。

「あんた、いいこと言うねー」

私が言うと、イケメンは鼻高々に答えた。

「『男は火星から、女は金星からやってきた』って本を知っていますか？　あの本にそう書いてあったんですよ」

車は静かに発進した。問題は近場にスピリチャル・スポットがあるかどうかってことだ。

「右側の方角に何か感じますね」

坊主頭の鋭い感覚に感心した。私も姉さんも何となくそんな気がして、従うことにした。車は音もなく山王下の交差点を右折すると赤坂の中心街へと入っていった。前方にはTBS放送センターが見える。

「『うたばん』でタカさんと中居くんに散々イジられていた保田圭の怨念じゃ除霊は無理っすよね」

坊主頭が冗談を飛ばす。緊張の裏返しだろう。口では「ハハハ」と笑いながら、私はこのエリアの歴史を必死に思い出そうとする。

「とりあえず東京ミッドタウンの裏手に入って」

この一帯は江戸時代には萩藩の屋敷で、明治維新後に陸軍の駐屯地になり、第二次大戦後には米軍が駐留していた。だから外国人向けの店が多い。さしたる歴史を持たない、怨念が薄いエリアだともいえる。車はミッドタウンの周辺をぐるりと回ると外苑東通りへと向かっていった。霊力を正面から感じるのは確かだけど、残された時間は僅かだ。さすがの姉さんも焦り始めている。

「もしかして六本木ヒルズかしら？　あそこには江戸時代、長府藩のお屋敷があって、一〇人の赤穂浪士が処刑されていたはず。でも彼らは自分たちの人生に満足していたはずだし……」

坊主頭が言った。

「六本木ヒルズよりも発信源が近くないですか？」

突然イケメンが叫んだ。

「ノブが言う通り、六本木ヒルズじゃないと思います。このまま直進しますんで！」

彼は外苑東通りには出ずに正面の狭い路地に車を突っ込ませると、コンビニの前でぴたりと止めた。思い出した、この場所、私もパパから教えてもらったことがある。

姉さんはドアを開けて転げ落ちるように車から降りると、坊主頭に命じた。

「もう大丈夫。力を弱めて」

霊能力を使い果たして倒れこむ坊主頭の傍らで、姉さんは腕を伸ばして体をくねらせはじめた。彼女がその動作を何度も繰り返していると、地面から炎のようなものが湧き上がって来て、身体を包み始めた。続いて姉さんは右手で口から何かを取り出す仕草をした。

すると口から黒いガスの塊のようなものが飛び出てきた。

黒い塊は人間のような形になると、カエルがゲップするような気味の悪い声で私たちに語りかけてきた。でもその言葉は人間には理解不能だった。

「何言ってるか分からないけどさ、私たちが正義の味方のザ・カコイマ・シスターズ。で、あんたはそれに退治されるヴィランなんだよ、バーカ！」

私がガス人間を威嚇していると、姉さんが私に指示を出した。

「楽ちゃん、ここが何処か分かってるよね。あいつを吹っ飛ばして」

もちろん。日付もパパから教えてもらった。一九八八年一月五日の夜だ。

私は指でファインダーを作ると、頭の中で月日を数えてから心の引き金を引いた。

ガス人間は跳ね飛ばされると一瞬抵抗するような動きをしたけど、結局は私の作った空間の中に吸い込まれていった。遠くの方からガラスが砕け散るような音が響き渡った。

ふと見ると、姉さんが私の革ジャンのポケットからスマホを奪い取って、何処かに電話していた。

「ミサオくん、たった今完了した。すぐに建物の基礎にお札を入れてコンクリートで固めて」

姉さんはしばらくスマホに耳を傾けて、呟いた。

「ゾディアックは封印されたわ」

　ほっとした。

「で、ここはどこなんですか？」

　坊主頭が尋ねてきたので、私は説明してあげた。

「ここには昔、日本最大のディスコ。トゥーリアがあった場所。でも一九八七年に天井に吊るされていた巨大シャンデリアが落ちる大事故が起きたの。そのあと建物は取り壊されて最初から何も無かったかのようになった。バブル経済と同じだね。跡形もなく消えて、東京に何も残さなかった」

「この場所を選ばなかったら、あぶなかったと思う。ありがとう」

　姉さんが男子コンビにお礼を言った。私は照れ臭いので、言葉ではないお礼をすることを考えついた。

「このあたりって東京のナイトライフのメッカだよね。打ち上げの代わりに、歴史的な名店にタイムトラベルしない？　三分くらいしか、いられないとは思うけど」

　きょとんとした坊主頭をよそに、イケメンは顔を輝かせた。

「うーん、一番はニューラテンクオーターだけど、さっきノブに見せてもらったからなあ。日本最初のディスコ、ＭＵＧＥＮも捨てがたいし、八〇年代のロアビルを覗くのもアリだなあ……そうだ！」

イケメンは私たちを車に乗せると、外苑東通りへと車を走らせ、飯倉片町の交差点で停車した。

「この建物の二階に行きたいんですよ。場所は一九六〇年の今頃で、時間は夜一〇時頃かな」

姉さんが私に耳打ちしてきた。

「楽しそうではあるけど、しばらく気絶していていいかな。実はここにくる前、睡眠薬を飲んでいたの」

眠り込む姉さんを坊主頭に抱きかかえさせて、私はふたりを指で撃った。次にイケメン、最後に自分の胸に向かって撃った。

歪んだ空間が元の形に戻ると、目の前には赤と黄色のランプ照明の下に、赤と白のチェック柄のクロスがかけられたテーブルが並んでいた。イタリア料理が盛り付けされた色とりどりの皿が置かれている。どうやらレストランで開かれているクリスマス・パーティーのようだ。椅子に座っている人は誰もおらず、着飾った客たちは勝手にテーブルの間を行き来しながら立ち話に興じていた。

「ここはどこなの？」

イケメンが答える。

「開店当時のイタリアン・レストラン、キャンティ。当時の文化人の隠れ家的なサロンだったんです。ぼく、こういう店を作るのが夢なんですよねー」

店の奥の方にいた小柄な男が、私たちに気がついて近寄ってきた。男は顔を紅潮させているイケメンをスルーして坊主頭に熱っぽく語りかけてきた。

「君は爽やかな青年だな。ところで君たち、何者なんだい」

革ジャンを着た私に、ナイトガウンを羽織った姉さん、真っ青なコートを着たイケメンに坊主頭。私たちは一九六〇年の常識からすると、別の惑星から来たように見えたはずだ。

困った坊主頭が答えた。

「まあ家族みたいなものですけど」

私は冗談めかして言った。

「実は私たち、宇宙人なんです。私が金星人で、こいつが火星人、で、彼が水星人で彼女が木星人かな」

男は太い眉を動かしながら感心した口ぶりで言った。

「なるほど、そうだったのか。しかも同じ家族なのに生まれた星が違うとは！」

そして「うん、これは面白い」などと独り言を言いながら彼は奥のテーブルへと去っていった。

次にやって来たのは、眼光が鋭い鳥のような老人だった。老人は坊主頭に抱きかかえられた姉さんを指さすと、私に話しかけてきた。

「この美女と一晩添い寝をしたいのだが、幾らかかるのかな？」

よく見たら、寝落ちしている姉さんのガウンの前がはだけて、ブラトップが丸見えだった。はだけたガウンからは腕がだらんと下がっている。私は怒鳴った。

「姉さんは売り物じゃないから。あっち行きな！」

「ふっ、その腕だけでも一晩借りたいものじゃな……」

老人はそんなことをぶつぶつ呟きながら、立ち去っていった。

やがて再び周囲の景色が歪みはじめると世界は暗転し、気がつくと私たちは元の世界に戻っていた。

「なんか変な奴らばかりだったなー」

彼らの素性を知っているのだろうイケメンが苦笑いしている横で坊主頭が言った。正直な感想だ。

それにしてもこいつは何者なんだろう。あのゾディアックを短時間とはいえ制御できるなんて、相当な霊能力を持っている。坊主頭は私のほうを振り向くとぺこりとお辞儀した。

「あらためまして俺、海崎信如って言います。あなたたちの遠い親戚なんです」

嘘だ。広司おじさんが言っていた。囲間家の系図を過去まで遡って全て調べたけど、霊能力を持つ男は見つからなかったって。

「楽ちゃん、この人が言っていることは本当だと思う」

急に目を覚ました姉さんが口を挟んできた。

「阿房家の逆パターンよ。『うみさき』の四文字を〝あいうえお〟で一つずつ前にしてみて」

「いまこか」。順番を入れ替えれば「かこいま」になる。なるほど、こいつ、うちの分家だ。

坊主頭が語り始めた。

「えーと、オヤジから聞いた話なんですけど。黒船が来航したとき、囲間家の当時の当主は、日本が早々に開国すると見抜いたそうです。でも日本が西洋化したら陰陽師は根絶やしにされてしまうかもしれない。それを恐れた当主は、ふたりいた息子のうち弟の方に〝本家との関係をすべて断て。但し囲間家の伝統を守り、本家に何かあったら全力で助けろ〟と命じたそうです。表向きは霊力がゼロだったので仏門に入らせたことにしながらも、裏では本家と同じレベルの修行を課した。そして代々、戸隠から霊感の強い女子を嫁入りさせて霊能力を保ち続けさせたって話です。俺の死んだお袋も戸隠出身なんですよ」

私は海崎信如をじっと見つめた。要は囲間家の血統を保つために生まれた男ってことか。こいつは私より二〜三歳年下だろうし、一見バカっぽいけど根は真面目そうだから、私よりも妹の雨ちゃんの方がお似合いだろう。でも霊能力を持つ子どもを産んだ女は早死にする運命にある。雨ちゃんを死なせるわけにはいかない。やっぱり私がこいつの子どもを作るべきだろう。でもようやく待ち望んでいたチャンスが巡ってきたのに、自分が子どもを生むというプランが全くリアルに感じられない。私が想いを巡らしていると、イケメンが心配そうに声をかけてきた。

「おい、どうした？」

イケメンを見ると、彼は私ではなく、信如に声をかけていたようだった。

スマホを手にした信如の顔が呆然としている。姉さんが心配そうに尋ねた。

「ひょっとしてゾディアックの一部がまだ取り憑いていたとか？」

「ちがいますって。俺、ネパールに行く前に付き合い始めたばかりのカノジョがいるんですけど……妊娠したみたいって」

そして私たちに向かって、彼はさらに驚くようなことを言ったのだ。

「あ、ちなみにそいつ、霊と話せるんですよ」

第八話

ヘイ、ナインティーン～チェイン・ライトニング

葛西臨海公園

ヘイ、ナインティーン

東京は意外と広い。随分前とはいえ、大学の四年間は東京で暮らしていたし、最近だって二～三年に一度くらいは訪れているので、めぼしいスポットはあらかた制覇したと思っていたんだけど。こんな場所に来るのは初めてだ。

京葉線の駅の改札をくぐって階段を降りると、そこにはガランとした空間がどこまでも広がっていた。九月なのが嘘みたいに眩しく太陽が照りつけている舗道を歩いていくと、波の形をしたオブジェが据え付けられていた。そこには「葛西臨海公園」と彫られていて、ぼくが降りた駅が間違っていなかったことを教えてくれた。

あたりを見渡すと、左手の林の奥に球体のガラスドームが見える。あそこが目的地の葛西臨海水族園か。辿り着くまでに体が干からびそうなくらい遠い。普段はコンビニに行くのにさえ車を使うぼくがこんな炎天下を歩くとは。でも「お通夜祭りさん」に会わないと。

お通夜祭りさんについて知ったのは、半年ほど前のことだった。その日、予定より早く仕事が終わったぼくは、国道沿いのブックオフで暇つぶしをしていた。日本中どこのブックオフもそうだとは思うけど、館林のブックオフはさながら平成に流行したものの見本市だ。本のコーナーには「だから、あなたも生きぬいて」や「人は見た目が九割」が、DVDコーナーにはビリーズ・ブートキャンプやザ・トレーシー・メソッドが山積みになっている。CDコーナーの常連はもちろんTKとあゆ。彼らのアルバムが平積みになった一〇〇円コーナーをぼんやり眺めていたら、信じられないものが目に飛び込んできた。フリーデザイン「Stars/Time/Bubbles/Love」とマイティー・ライダース「Help Us Spread The Message」だ。

どちらも大学時代にアナログレコードが擦り切れるまで聴いたアルバムだった。再発CDとはいえ、こんな値段で叩き売られているなんて。実家を継ぐために地元に戻って以来、この手の音楽は聴かなくなっていたし、興味もなくなっていたけど、気がついたらレジで精算している自分がいた。

テレビのニュースを見ながらイオンで買った惣菜を食べた後、ストロングゼロを呑みながらCDを聴いた。PCの小さな外付けスピーカーから流れるサウンドはショボかったけど、目を閉じると東京のクラブで過ごした夜の想い出が蘇ってきた。

酔っ払っていたせいか、この気持ちを誰かと分かち合いたくなった。こんな時、フェイスブックは仕事用にも使っているので相応しくない。ぼくはフォロワーが一二人しかいないツイッターの方に写真を投稿した。

「#freedesign　#mightyriders　#ひさしぶりに聞く　#誰も知らないけどw」

そんな投稿をしたことすら忘れた頃、メンションが飛んできているのに気がついた。

「その二枚、わたしも買ったばかりです！」

その投稿の主こそが、お通夜祭り @o2yama2ri さんだった。プロフィールを見ると、自己紹介に「三児の母、ときどきカメラマン兼ライター」とあり、場所は「山梨県韮崎市」で登録されていた。彼女の過去のつぶやきを遡ってみると、ぼくが投稿したのとほぼ同じ日時にフリーデザインとマイティー・ライダースのCDジャケの写真が投稿されていて、そこに「#freedesign　#mightyriders　#ひさしぶりに聞く　#誰も知らないけどw」と、まったく同じタグが書き添えられていた。

彼女がぼくをフォローしてくれたことに気がついたので、フォローし返した。いつしか、ぼくはお通夜祭りさんの呟きを楽しみにするようになった。彼女の投稿のほとんどは自分で撮った写真に短い言葉を添えたものだった。

自然に恵まれた韮崎に住みながら、彼女の関心はショッピングモールや道路添いに咲いた花、自分の子どもの後ろ姿といったありふれたものに向けられていた。でも彼女の目を介すると、そのありふれたものが途端に不思議な輝きを放ちはじめるのだ。普通のスマホやカメラでは出せない独特な色使いも印象的だった。

キモがられるかな、と思いながらメンションを飛ばしてみた。

「すてきな写真ですね。どうやって撮っているんですか？」

「懐かしのビッグミニ！　二〇年放ってあったのを最近また使いはじめました。デジカメは仕事で使っているので、気持ちの切り替えができないｗ」

このやりとりをきっかけに、ぼくとお通夜祭りさんはツイッターのダイレクトメッセージを頻繁に交わすようになった。

昔聴いていた音楽の話、最近観た映画の感想、群馬県と山梨県の違い。プライベートの話もした。それによると、何となく始まりあっけなく終わった結婚生活を除けば平坦そのもののぼくの人生と比べると、お通夜祭りさんのそれはなかなかハードなものだった。

大学卒業後、東京の編集プロダクションで働いていた彼女は一時的に戻った地元で、高校時代の彼氏とばったり再会して結婚、そのまま地元に留まった。子どもは三人生まれたけど全員男の子で、家の中はいつも戦場状態。だけど旦那は毎晩飲み歩いていたので喧嘩が絶えず、現在は別居して五年目らしい。ここ数年は地元のタウン紙の記者兼カメラマンとして働いて、母親を含めた一家五人の生活費をひとりで稼いでいるという。気がつくと、ぼくと彼女は親友にも話せない悩み事を相談しあう間柄になっていた。

そんなある日、千葉の幕張メッセで水道業者向けの見本市が開かれることを知った。ここ数年顔を出していなかったので、そろそろ時代に取り残されてしまう。そのことをツイッターで呟いたら、お通夜祭りさんからダイレクトメッセージが送られてきた。

「偶然！　その日、東京にいます」

何でも彼女は、一橋メディア総研という立派そうな名前を持つ団体から「地方メディアを盛り上げる注目すべき女性記者」に選ばれて、取材を受けるために上京するらしい。

せっかくだから実際に会ってお茶でもしましょうという話になった。お互い海無し県に住んでいるので、彼女が取材を受ける丸の内と幕張の中間地点にあたる葛西臨海公園で会うことになった。待ち合わせ時間は午後二時。場所は葛西臨海水族園のペンギンのコーナーだ。

長い階段を登りおえると、ぼくは入館チケットを買い求めて円形のガラスドームの中へと入っていった。サメやマグロが回遊する巨大な水槽を横目に、一直線にペンギンのコーナーへと向かう。ペンギンの展示は海に面した屋外にあった。様々な種類のペンギンたちは大きな水槽とその奥に設けられた人工の岩場を行ったり来たりしながら、九月の午後を思い思いに過ごしていた。ぼくはあたりを見渡したけど、そこにいたのは母子連れと大学生らしきカップル、ベンチでボンヤリしている若い男だけ。約束の時間から一〇分近く遅れて来たのに、お通夜祭りさんらしき女性はいない。

「あのー」

背中の方向から女性の声がしたので振り返ったら、そこに立っていたのは若い女の子だった。かなり可愛いけど猛烈にヤンキーっぽい。ニューヨークヤンキースのキャップから茶髪があらゆる方向にはみ出していて、ところどころ穴が空いたジーンズの上に、二匹の虎がGUCCIと描かれたロゴを挟んで睨み合っている悪趣味なTシャツを着ていた。左手首には包帯をしている。どう見てもお通夜祭りさんではないのは確かだ。これはどういうことだ？　その子が微笑んだ瞬間、全身から血の気が引いた。「キャットフィッシュ」だ！

出会い系サイトで、ダサい男の理想の存在になりすまして、相手を笑い者にするキャットフィッシュという遊びがアメリカで流行っていると聞いたことがある。それに影響された若い奴らが、ぼくを騙してみっともない姿をネットで拡散するつもりに違いない。

気が動転してその場から逃げ出そうとしたら、女の子に呼び止められた。

「久作くん、待って」

この子、なんでぼくの名前を知ってるんだ？

「あなたが探している人は別の場所に来る予定になっているから」

「えっ?」

「公園の入り口の正面に、門みたいな形をした展望台があったでしょ。クリスタル・ビューっていうんだけど、そこに二時半に来ることになってる」

「どういうことなんだ?」

「今から説明するから。わたし、藤野恋。あなたのツイッターのフォロワーなんだけど、三月に自分が買ったCDについて書き込みしたでしょ」

フリーデザインとマイティー・ライダースのCDのことか。

「わたし、お通夜祭りさんのインスタグラムのフォロワーでもあるんだけど、彼女が同じ日の同じ時間にまったく同じ投稿をしたんだよね。しかもタグまで全部同じ!」

「インスタグラム?」

「で、思ったわけ。これは運命で、ふたりは引き合っているなって。付き合っちゃったら最高じゃんって。でも久作くんはインスタグラムを、お通夜祭りさんはツイッターをやっていなかった。このままじゃ知り合えないよね? だからわたしにとって師匠みたいな人がいるんだけど、その人に頼んで作ってもらったわけ。久作くんのインスタグラムとお通夜祭りさんのツイッターのミラーアカウントってやつを。そしてふたりの投稿が自動的にそのアカウントに反映するプログラミングを組んでもらった。そうしたら予想通り、ふたりはすぐに話し合うようになって……」

「ぼくたちのやりとりを全部読んでいたのか？」

「ごめんなさい。でもホノボノしたやりとりが可愛くて、読むのがやめられなかったんだよねー」

「ということは書き込み自体はお通夜祭りさん本人のものだったってことなのか？」

「そうだね。でもこっちでやったことも少しある。今日、お通夜祭りさんが取材を受けた一橋メディア総研って、師匠のお父さんがオーナーなんだ。無理やり頼んで取材をセッティングしてもらっちゃった。それと待ち合わせ場所も師匠のアイディア」

ぼくはしばらくの間呆然としていたけど、だんだん腹が立って来た。この子、お節介すぎないか？

「恋さん、だっけ？　きみ幾つ？」

「一九歳」

「きみはまだ子どもだから、わからないとは思うけど、本当に失礼なことをしたんだよ。ぼくも彼女もそれぞれ大人としての生活があるんだから」

「大人の生活？　それって最初の結婚にしくじったせいで、家と仕事を行き来するだけの生活のこと？」

　恋さんの容赦ない言葉が胸に突き刺さった。

「付き合っちゃったら最高だなんて、勝手すぎるよ。彼女は単なる友達なんだから」

「恋しちゃえばいいじゃん」

「友情と愛情は別物なんだよ。それにぼくは群馬で彼女は山梨だし」

「車で三時間も飛ばせば通えるでしょ？」

「僕には母親の面倒をみる義務があるんだ」

「えっ、つい最近モロッコにひとり旅していたあの人？　むしろ面倒を見られているのは久作くんの方じゃない？」

「彼女のお母さんの方は病気がちだ」

「お通夜祭りさんの妹って韮崎のすぐ隣の北杜市に住んでいるんだよね。あの人にもっと手伝ってもらればいいよ」

「お通夜祭りさんの三人の息子はみんなまだ十代だ。ぼくのことなんかよく思ってくれるわけがない」

「父親代わりになろうなんて思わないで。それは自意識過剰すぎるよ。友達になればいい。健一くん、健二くん、貴男くんの三人とも母親に似て洋楽が大好きじゃん」

ぼくは言い返す言葉が無くなってしまった。

「久作くんたちはもう準備ができているってわけ。あとは実際に会って恋に落ちるだけ。わたしはその手伝いをちょっとしただけだよ。でもお節介だったのは確かだったから、今日は早めに呼んで事情を説明したってわけ」

恋さんは自信満々だったけど、一九歳の女子に恋愛指南されるのは癪だった。

「あのさあ、人って知り合ううちに段々好きになっていくもので、恋する準備をするとか、自分から好きになる努力なんて普通はしないものだよ」

恋さんはしばらく周りをキョロキョロ見渡してから、小さな声で言った。

「わたし、幽霊を見たり、話せたりできるんだよね」

「えっ？」

「それが原因で、これまで男子と付き合ってもすぐうまくいかなくなっちゃって。師匠と会うまでは人生メチャクチャだった。でも今度、自分のことを分かってくれそうな人と知り会えたら、自分から相手を好きになるようにマジ努力すると思う」

恋さんは話を続けた。

「そもそもあなたたちをフォローするようになったきっかけを話すね。師匠から、渋谷の雑居ビルの除霊を頼まれたとき、あなたたちの残留思念と知り会ったんだよね」

「残留思念？」

「人間が絶体絶命の時に強い想いを抱くと実体化するもの。ようするに生き霊。久作くん、渋谷系とかいう音楽が大好きだったでしょ？」

「……ちょっとはね」

「ちょっとのわけない。久作くんの残留思念は渋谷でレコードショップを経営しているつもりになっていたくらいだもん。店名はワイルド・ハニービー・レコーズ」

大学時代のぼくがレコードショップを開いたら付けようと決めていた名前だ。

「渋谷にはお通夜祭りさんの残留思念も残っていたんだけど、彼女は実在しないそのレコードショップの常連になっていたの。ふたつの霊魂が惹かれ合っていたのを、わたしは見ていたんだ。だから現実世界のふたりのアカウントを探して、フォローしていたってわけ」

恋さんの表情は真剣そのものだったけど、ぼくとお通夜祭りさんを付き合わせたいあまり、出まかせを言っているようにも見えた。そうだ、この子を試してやろう。

「本当にきみが霊能力者なら、それを証明してほしいな」

「わたしが出来るのは、その土地に残っている残留思念と話すことくらいだよ。ここは埋立地で歴史がないから、そういったものは漂っていない。だから無理」

ぼくは苛立って声をあげた。

「何かやってもらわないと、信用できるわけないだろ！　そうだ、雪がいい。この場所で雪を降らせてくれたら信用する。お通夜祭りさんにも会いにいく」

恋さんの顔がこわばった。

「いま九月だよ。それにそんな能力ないし」

「そのくらいしてもらわないと、きみの話は信じられない」

説得するのを諦めたのか、彼女は目を閉じてブツブツとなにか念じ始めた。すると、何てことだろう。あたり一面が曇り空に変わって雪が降り始めたのだ。ペンギンたちが一斉に空を見上げて喜んでいるように見えた。ぼくは観念した。

「わかった。お通夜祭りさんに会うよ」

恋さんは飛び上がって喜んだ。

「ありがとう！　でもふたりには本当にうまくいってほしいから、付き合いはじめても一年くらいはわたしのことを話さないでくれる？」

「わかったよ。でも付き合わなくても呪うなよな」

「呪う力なんて無いから大丈夫」

ぼくは、手を振って見送る恋さんをあとにクリスタル・ビューへ駆け足で向かった。時計を見たら二時三五分だった。急がないと。クリスタル・ビューは全面ガラス張りなので、遠くからでも建物の中にどんな人がいるかが分かる。空中に浮き上がった二階中央部分に、ベビーカーを押す母親や、ハンチングを被った老人に混じって、ボーダーシャツに黒いパンツ、ストローハットという出で立ちの女性が小さなカメラで海を撮影しているのが見えた。お通夜祭りさんにちがいない。建物の中に入り、階段を駆け上ると彼女がこちらを振り返った。想像した通りの素敵な人だった。

「えーと、9sackさん?」

「そうです。本名、西原久作。お通夜祭りさんですよね?」

「変なアカウント名でごめんなさい。本名は大山マリです」

「待ちました?」

「ちょっと前からいたんですけど、海を見ているだけで何だか嬉しくって。ずっと見ていても全然飽きない。ここまで来て良かった」

展望台からは東京湾の遥か彼方まで見渡すことができた。マリさんが海を眺めたままなので、横並びに立って同じことをしてみることにした。海を眺めながら、ぼくは密かに驚いていた。普通だったら初対面の相手が飽きないか気を使って、バカなことばかり話してしまうのに、なぜか焦る気持ちが一切起こらない。代わりにずっとこのまま何もしなくてもいいやと思えたのだ。

そうやって五分も過ごすと、この満ち足りた感覚を失ってしまうのが恐ろしくなってきた。恋さんからは話すなとは言われていたけど、この人には正直でいたい。いつ真相を話そうか。そんなことを考えていたら、青空にぴかっと稲妻が走った。すると、海を眺めたままマリさんが口を開いた。

「恋ちゃんに言われたこと、考えているんでしょう」

「えっ?」

「わたしも知ってるんです、ミラーアカウントの話。今日の午前、取材が終わったあと、部屋にあの子が入ってきて全部打ち明けられたから」

マリさんも知っていたんだ。ぼくは凡庸な言葉を返すほかなかった。

「そりゃビックリしたでしょう」

彼女は笑いながら答えた、

「ビックリどころか泣き叫んじゃった。オバさんの心を弄ぶな!って。でも根はいい子っぽいし、まんまと言いくるめられてここまで来ちゃった。このことは一年は話さないでとか頼まれたけど」

「ぼくたち被害者同士だったってわけですね」

「ちがいます」

マリさんはこちらを見て真顔で言った。

「わたしたちは当事者」

そのあと、ぼくとマリさんは観覧車へと場所を移して、船着場から出発していく水上バスを眺めながら、あらためてお互いを紹介しあい、観覧車から降りる頃には他人だという感覚が一切無くなっていた。以来、ぼくらは数え切れない面倒臭い体験をしながらも一緒にいる。

恋さんとはあの日以来会ってはいない。でも交際記念日のディナーでは、ぼくらは必ず最初の一杯を捧げるようにしている。悪趣味なTシャツを着たキューピッドに。

チェイン・ライトニング

久作くんがマリさんのもとに走っていくのを見届けると、わたしは師匠にお礼の電話をかけた。

「ミサオさん、ミッションは大成功です！　それと、わたし雪を降らすことができるようになったかも！」

電話を切った途端、遠くからパチパチという音が聞こえてきた。音のする方に目を向けたらキャップを被った男の人がベンチに座ったまま、わたしに向かって拍手をしていた。歳は二十代後半くらいだろうか。この人に一部始終を見られていたんだ。男の人は立ち上がると、身構えるわたしのもとに近づいてきて興奮気味に話しかけてきた。

「ここ、さっきまであのオッさんが立っていたところだね。うーん、いいヴァイブス！君って、もしかして囲間雨《かこいまあめ》さん？」

「ちがいますけど。そんな人知らないし」

男の人はちょっとガッカリしたようだったけど、すぐ気を取り直したようだった。

「幽霊と話せるのって本当なんだろ？　俺、そういう人とたくさん会っているから本当か嘘かすぐ分かっちゃうんだよね。でも東京で会うのは初めてだから、ついつい話しかけちゃった」

「あのー」

「あ、ごめん」

そう言って、彼はリュックをごそごそと漁って名刺を渡してくれた。そこには「京南大学 文学部 宗教人類学研究所　海崎信如」と書かれてあった。

「俺、ひとりで黄昏れるのが大好きなんだけどさ、地元の浅草にはそういうことが出来る場所が少なくて。だからたまに水上バスに乗ってここまで来るんだよね。でも偶然こんな現場に出くわすとはねー」

男の人はひとりで喋り続ける。

「手をケガしてるけど大丈夫？　ひょっとしてタチの悪い霊にヤラれたとか？」

この人、なんでそんなことまで分かるんだろう。わたしは正直に答えることにした。

「下北沢で小劇場関係者の除霊をやろうとしたんだけど手強くて。しかもそいつらと戦っていたらロックバンド関係者の霊がむこうに加勢してきちゃって……」

彼は笑い出した。

「それ、最高！　俺もカンボジアで悪霊に絡まれて肋骨二本折られたことがあってさあ」

えっ、この人なに話しているんだろう？

「実は俺も幽霊と話せるんだよね」

そしてわたしを見つめるとこう言った。

「それと雪を降らせたのは俺だから」

彼がそう言った瞬間、青空にぴかっと稲妻が走った。

「俺さ、その場所の過去の景色を呼び出せる能力も持ってるんだよね。君がオッさんに問い詰められて困った顔をしていたから、雪の日の景色を呼び出して助けてあげたってわけ」

ずっと考えてきたことを実行に移すときがとうとうやって来たんだと、わたしは思った。

「わたしのこと知りたい？」

「そりゃ、もちろん」

「わたし、藤野恋。もうすぐ二十歳」

「ロイホが近くにあるから、そこでお茶しながら話す？」

「ううん。水上バスであなたの街まで連れていって。そこで話す。それともうひとつ条件がある」

「条件って、どんな？」

「まずあなたが最初に好きになった女の子について話してくれる？」

それ以来、ノブ君からはことあるごとに「いきなりそんなこと訊く奴なんている？」ってからかわれる。

そのたびに「緊張していたから、ワケわからないこと口走っちゃったんだよねー」とか言って誤魔化してはいるけど、本当のことを言うと青空に稲妻が走った瞬間、わたしは心に決めたんだよね。こいつを全力で好きになって、最後の女になってやるって。

第九話

ウェディング・ベル・ブルース

神田明神

「会社に入ったときは結婚相手なんてすぐに見つかると思ったんだけど、全然うまくいかないんだよね」

灰色の空を見上げて囲間雨が嘆いた。

「相手ならいくらでもいますけど」

「ミサオちゃん、何度も言わせないで。お見合いはイヤなの」

江戸時代から続く名門の囲間家の三女、雨は三姉妹の中でも特に美しいとの評判から、執事であるぼくの父、一橋広司のもとには政財界から縁談が押し寄せていた。だが父は本人の意思を尊重してそれらを丁重に断り続けてきた。

「雨ちゃんのご両親だってお見合いじゃないですか。でもお幸せそうでしたよ」

「だけどパパとママは職場恋愛で結婚したんでしょ。わたしはそっちの方がいい」

彼女を産むと同時に亡くなってしまったせいで、雨ちゃんは実の母をよく知らない。彼女を実質的に育てたのはぼくの両親なので、雨ちゃんは実の父をお父様、ぼくの両親をパパとママと呼んでいた。ぼくは彼女にとって兄代わりで従者でもあるという奇妙な存在だった。

「うちの親だってお見合いみたいなもんですよ。ご存知とは思いますけど、囲間家にお仕えするための条件って厳しいんですよ。生い立ちとか価値観とか。つまり若い男女が同僚になった時点で、お見合いをセッティングされたのと変わらないことになる」

「ふーん」

「雨ちゃんがＯＬになりたいって言ったときも話したじゃないですか。社内恋愛なんてお見合いと一緒だって。当人たちは奇跡の出会いをしたと信じているけど、実際は環境や周囲がお膳立てしているっていう。最近の日本で生涯未婚率が増えているのは、企業が女性事務職を派遣会社にアウトソーシングしたせいで、一緒に働く男女が生い立ちや価値観を共有できなくなったのが原因なんですよ」

「だとしたら恋ちゃんと信如さんはラッキーだよね。本当に奇跡の出会いをしたわけだから」

「……まあ、そうですね」

藤野恋と海崎信如の結婚式は、先ほどここ神田明神で行なわれたばかりだった。事情をよく知らない出席者にとって、これほど不思議な式はなかったかもしれない。信如の実家は寺なのに式は神前だったのだから。にもかかわらず住職である新郎の父の昌如は、鮮やかな色留袖に身を包んだ三人の若い女たちに囲まれて満足気だった。

もっと不思議がられたのは、新婦がその三人を「お姉ちゃんたち」と呼んでいたことだ。

「あんたにお姉さんなんていたっけ？」

驚く友人たちに恋はこう答えていた。

「うん。わたしも三ヶ月前に初めて会ったんだけどねー」

藤野恋は、囲間鴎、楽、雨の異母妹だった。


今から三ヶ月前、囲間家の長女と次女である鴎と楽が、ある事件を通じて海崎信如と知り合った。信如は自分が囲間家の遠縁にあたり、囲間家が代々持つ霊能力を保持していると告白した。しかも彼が妊娠させたガールフレンドの藤野恋も同じような力を持っているという。

藤野恋に仕事を世話していた〝師匠〟がインターネットに強いらしいとの話を信如から聞いた鴎さんと楽は、翌朝早くぼくの部屋に押しかけてきた。藤野恋とは一体何者なのか？　師匠とはお前ではないのか。なぜ自分たちに隠れて世話をしていたのか。問い詰めてくるふたりを前に、ぼくは寝ぼけ眼でこれまでの経緯を説明する羽目になった。

その一年ほど前。自分の父が霊能力者を探すために未だに家系図や古文書に頼っていることに疑問を抱いたぼくは、本格的にインターネットで探してみることにした。今どきの奴ならそんな力を持っていたらSNSで自慢するにちがいないからだ。

早速、テキストと音声で霊能力に言及するキーワードを自動的に抽出するスクリプトを組んでサーチしてみると、ネット上に大量の自称霊能力者たちが浮かび上がってきた。そのほとんどが嘘、詐欺目的、単なる思い込みだったけど、「恋の幻覚日記」という動画サイトをtumblerでひっそりやっていた藤野恋だけは別だった。

彼女は「バカにされるから友達にも話していない」という自分の幻覚体験を克明に語っていたのだが、その描写はぼくが囲間三姉妹から聞いていた話にそっくりだった。そっくりだったのは話だけではない。一見垢抜けない顔をよく見ると、三姉妹を足して三で割ったような造作だったのだ。慌てて彼女の動画を父親に見せると、こう言われた。

「その方に会って生い立ちを聞き出しなさい。結論が出るまでは、お嬢様たちには一切口外しないように」

普段は父親の言いつけを聞かないぼくだったが、今回ばかりは従うことにした。囲間家の先代当主だった修斗様はクールなイケメンで、隣に立つとどんな男も霞んでしまうカリスマ性を持っていた。そのせいもあってか、三姉妹は揃いも揃って重度のファザコンだった。

鵙さんは「わたしは父さんの尻拭いばかりやっている」と事あるごとにぼやいていたけど、それは自分こそが父の後継者であるという自負の裏返しだった。楽は修斗様について殆ど口にはしなかったけど、あいつこそが一番重症であることはぼくが一番知っている。

そして雨ちゃんにとって、五歳のときに世を去った父親は神にも等しい存在だった。そんな父親が、母親以外の霊能力を持つ女と付き合い、娘まで作っていた可能性があると知ったら、どう思うだろう。真相が一〇〇％確定するまでは、彼女たちには秘密にすべきなのだ。


「じゃーん」

白無垢からウェディングドレスに着替えた藤野恋が、ぼくと雨ちゃんの前に現れた。明神会館で行われた新郎新婦の親族による食事会はまだ続いていたが、同じ敷地内の複合施設ＥＤＯＣＣＯで開かれる友人中心のパーティがまもなく始まるため、早々とお色直ししたのだ。

「ちょー可愛いよ！」

歓喜の声をあげる雨ちゃんの傍で平静を装ってはいたものの、ぼくも感無量だった。今でこそ姉たちと比べて遜色ないほど洗練されているけど、彼女の地元である町田で最初に会ったときの藤野恋は、ファストファッションに身を包んだ典型的な郊外のティーンだったのだから。

待ち合わせ場所のデニーズで、キャラメルハニーパンケーキを奢ってあげると、彼女は生い立ちを訥々と語り出した。いまは美術系の専門学校に通っていて、幻聴や幻覚が始まったのは中学一年のときに江戸東京博物館に社会科見学に行ってからだという。

「もしかして同じ日に墨田区の東京都慰霊堂も見学しなかった？」

「あ、行きました」

東京都慰霊堂には関東大震災と東京大空襲で犠牲になった身元不明の遺骨が祭祀されている。三姉妹が口を揃えて「あそこはヤバイ」と評する霊的スポットだ。

ぼくは囲間家の存在を伏せながら、藤野恋にこちらの正体と要望を伝えた。ぼくの一族は代々、霊能力者をマネージメントしていること、幻聴や幻覚は病気ではなく霊能力の可能性があること、これからそれが本当のものか証明するテストを行なっていくこと、この件は他人に決して喋らないこと。

彼女は了承した。

「それにしてもここって気の力がすごいね。神さまみたいな人たちが沢山見える！」

「鴎ちゃんが言うにはみんな、わたしたちの守り神なんだって」

恋と雨の姉妹が神田明神の霊について語らっている。最初の頃、藤野恋はさほど鋭い感覚の持ち主ではなかった。対等に語れるほどになったのは、修斗様が遺したカリキュラムのおかげだ。

霊能力の練習にも、修斗様が子どもの頃の鴎さんに行なっていた実践レッスンを応用させてもらった。渋谷や世田谷など、歴史が浅くて霊的に比較的安全なエリアの除霊を任せてみたのだ。最近は鴎さんが多忙のため、こうしたエリアの依頼は殆ど断らざるをえなかったので、ぼくらにとっても有難い話だった。

藤野恋は、ミッションをことごとくクリアーしてみせた。下北沢で怪我したときはひやっとさせられたし、支払った報酬をブランド物に費やしたのには閉口したけど。でも彼女は明らかに囲間家の血を受け継ぐ者だった。

証拠を確定する仕上げとして、藤野恋からもらった髪の毛と、ぼくの母親が三姉妹の部屋に掃除に入ったときに、こっそり入手した髪の毛をラボでＤＮＡ照合してみた。判定は

「九九・九九%親族」だった。

「お父さんについて何か知ってるかな?」

「知らない。ママは妊娠したことも相手に言わなかったらしいから」

「そのお母さんも君が小さい頃に亡くなったんだろう。ひとりで大変だったよね」

「えーっ? あいつピンピンしてますけど。なんなら今呼びましょうか?」


囲間家は代々の婚礼を神田明神で執り行なってきた。そもそも囲間家の開祖が徳川家から江戸の街づくりを任されたときにまず行なったのが、奈良時代に創建された神田明神を大手町から江戸城の鬼門にあたる神田に移すことだったのだ。

囲間家は大国主と恵比寿、平将門の三神を合わせて祀っている神田明神のパワーに注目して、江戸時代を通じて稲荷や金比羅、建速須佐之男命や水神といった神々を祀った神社を周囲に配した霊的な防波堤を作り上げた。

「結婚式なんて面倒臭い」「できちゃった婚だから恥ずかしい」「そもそも入籍する意味があるのか?」そんな文句を口々に言う藤野恋と海崎信如に、この場所で結婚するように諭したのは鵙さんだった。

「あなたたちは囲間家の一員なんだから、伝統を守って」

その鴎さんは食事会の席で、藤野恋の母、葉子との会話が弾んだせいもあって、もともと行く気がなかった楽と同様、パーティの方に顔を出すのは取りやめたようだった。


藤野恋にLINEで呼び出されてやってきた葉子さんと初めて会ったとき、溌剌とした様子に驚いた。霊能力者を産んだ女性が、子どもが成長するまで元気だった例は稀なのに。しかも三姉妹の母親とはまるで異なるタイプだった。

ぼくの母曰く、「修斗様は貞操観念が江戸時代」の人だったようで、奥様を心から愛する一方、他所では結構遊んでいたらしい。その際は奥様とはタイプが全く異なる女性を好んだという。

早速「先代のタイプ?」というテキストを添えた葉子さんの写真を、フェイスブックのメッセンジャーで母親に送ったところ、すぐ「いいね」マークが返ってきた。

葉子さんは、一九九八年に始まってすぐに終わった囲間修斗との短い恋愛について語ってくれた。

「その頃、蒲田のカラオケボックスでバイトしていたんですけど、ある時から場違いにオシャレな人が毎晩ひとりでやってくるようになったんです。それが困間さん。一曲も歌わないでソファで休んでいたみたい。ある晩、そのまま部屋で倒れちゃったときがあって。それで看病したのがきっかけでなんとなく……」

「どういう仕事をやっているか聞きましたか？」

「たしか空港関係の仕事をやっているとか言ってました」

かつて占領軍として東京を支配したGHQが、移設を試みたものの超常現象が起きたために断念したスポットがふたつある。

ひとつが、ここ神田明神が元々あった大手町に今も残されている平将門の首塚。もうひとつが羽田空港の敷地内に残されていた穴守稲荷の大鳥居だ。最終的に大鳥居の方は一九九九年に移設されたのだが、実現の裏には修斗様の働きがあった。その前年に修斗様は空港から依頼を受けて霊を鎮める祈祷のために毎日のように羽田に通っていたのである。

父の話では、修斗様は毎晩遅くに涼しい顔をして帰ってきていたそうだが、実際は稲荷の霊に打ちのめされていたとしたら？　スタイリストのあの方のことだ。誰にも見られないところでしばらく休憩してから家に帰っていたにちがいない。

「娘さんが強い霊感をお持ちなのはご存知ですよね？　それはあなただけでなく、修斗さんから引き継がれたものでもあるんです」

「あら、この子ってまだ霊感あるの？　恋ちゃん、ちゃんと言いなさいよ！」

「話したじゃん！　聞いてないのはママだよ！」

母と子はぼくの目の前で喧嘩を始めた。

「わたしの一族では、女の子がそうなのは珍しくないんですよ。わたしもそうだったけど島から離れた頃には消えていたし。この子もすぐ消えるって思っていたんだけど」

「島？」

「ママは小笠原諸島の母島出身なんです」

小笠原諸島は、東京都の一部でありながら、東京湾から一〇〇〇キロも離れた太平洋上にある亜熱帯の島々だ。母島に行くためには、竹芝桟橋から船に乗って二四時間かけて父島に行き、そこから別の船で二時間、波に揺られなければならない。手つかずの自然は日本よりもミクロネシアやオセアニアに近く、世界遺産に指定されている。そして世界有数のパワー・スポットでもある。

「葉子さんは、修斗さんが霊能者だったのはご存知なかったんですか？」

「あの人、自分のことは何も話さなかったし。でもそうだとしたらわたし、凄く長生きしちゃうかも」

「ママは長生きしなくていいよ！」

「どういう意味ですか？」

ぼくが尋ねると、葉子さんは囲間家で共有されている認識をひっくり返すようなことを言った。

「うちの一族には霊能力がある男の人と子どもを作ると、長生きするって言い伝えがあるんです」


ＥＤＯＣＣＯ二階の神田明神ホールは、七〇〇人近くを収容できる巨大なイベント・スペースだ。普段はアイドルのライブが行なわれているらしい。

「ハフハフ・ハーフ＆ハーフがこのキャパを埋めるのは到底無理だろうな」

ぼくが仕事を通じて知った地下アイドルグループの名前を思い出していると、会場に次々入ってくる招待客を眺めながら、雨ちゃんが話しかけてきた。

「わたしたちだと寿命を縮めちゃうのに、恋ちゃんにはプラスになるなんて不思議だね」

「ぼくも驚いたんですけど、血球成分からして雨ちゃんたちとは全然違うんですよ。父は失われたニライカナイ族の末裔なんじゃないかって言ってますけど」

そんな事を話していたら、照明が暗転した。途端にＥＤＭのビートが大音量で鳴り出し、スモークが噴射される中、藤野恋と海崎信如が入場してきた。パーティの始まりだ。このパーティに向けて雨ちゃんは会社を一週間も休んで、まるで自分の結婚パーティであるかのように準備に打ち込んだ。だが張り切りすぎて四日目にお腹を壊して寝込んでしまい、ぼくはそれをフォローするため、ここ数日間ロクに寝ていなかった。

苦労の甲斐あってか、パーティは誇れるものに仕上がった。会場には風船やシャボンの泡、金粉が飛び交い、都内でバーをいくつも経営するという新郎の親友、鳥越翔太が自ら立つバーカウンターではカラフルなカクテルが振る舞われていた。ステージでは新婦の高校時代の部活の先輩にあたるダンス・ユニット、ビート・ウィッチーズのヒップホップ・ダンスが披露され、喝采が上がった。

しかし新郎新婦の友人たちのスピーチのギャグがどれも似通っているのには閉口させられた。「ナンパ婚」「年齢差」「もはや犯罪」「出来ちゃった婚」。本当は東京を護り続けてきた囲間家の偉大なる血統が次代に繋がった歴史的イベントなのに。

気がつくと、ぼくの目の前に藤野恋と海崎信如がいた。ふたりとも幸福感で輝いている。

「ミサオさん、本当にありがとうございます。もし見つけてくれなかったら、わたしこんな風にはなれなかった」

「鵙さんが、うちの寺と組んで大仏を都内にいくつか建てられないかって言いだしちゃって。今度相談させてください」

ふたりは、彼らの代には執事になるかもしれないぼくに感謝の言葉をかけると、姉である雨ちゃんに話しかけてきた。

「お姉ちゃん、友だちに紹介したいからちょっと来て。カッコいい男の子も沢山いるよー」

「俺の地元の友だちにも会ってくれませんか。あの超絶可愛い子は誰なんだって、みんなうるさくて」

雨ちゃんは途端に顔をほころばせて、「婚活してくる！」とぼくに言い残して人混みの方へ新郎新婦とともに去っていった。

これなら、しばらく放っておいても大丈夫だな。ぼくは一旦、外の空気を吸うことにした。ＥＤＯＣＣＯの外に出ると、明神会館で行われていた食事会がお開きになったらしく、両家の親族が次々とメインゲートである隨神門から外に去っていくのが見える。彼らを見送っていた鵙さんと楽が、ぼくに気がついて近づいてきた。

「ミサオくん、ごくろうさま。本当にありがとう」

鴎さんが微笑みながらねぎらいの声をかけてくれた、でもちょっと含みがある言い方だ。

「これから品川の新駅の様子を見てくるから、あとはお願いね」

彼女が背を向けて門を出ていってしまうと、楽がニヤッと笑いながらぼくに言った。

「よっ、悪党」

気づかれたか。楽はぼくに話しはじめた。

「執事としては完全に越権行為だから、本当のことは言うなって広司おじさんからきつく言われているんでしょ。可哀想だからさ、姉さんと私の推理を勝手に話してあげる。まずおかしいなって思ったきっかけは、あんたたちが海崎家についてこれまで知らなかったって言い張っていること」

「海崎家は存在を隠していたからね」

「でも信如って、カンボジアやネパールで悪霊と派手にやりあっていたみたいじゃない。姉さんによると、霊能力がないと書けないような内容があいつの論文の端々に書いてあるって。ミサオが見逃すわけがない」

「見逃したのかも」

「私は、パパが死んだときに信如のお父さんが広司おじさんにコンタクトを取ってきたんじゃないかって思っている。三人の娘の婿になれる男子がこっちにいますよって」

ぼくはしらを切るしかない。

「それが本当なら、何で父さんは楽たちに話さなかったんだろう？」

「私たちの誰かが信如の子どもを産むことで、うちのママみたいに早死にしてほしくなかったからでしょう。広司おじさんは解決策がないかずっと悩んでいた。そんなとき、あなたが恋ちゃんを見つけ出した。あの子の体質がわたしたちと違うことを知って、広司おじさんは、信如と恋ちゃんをくっつけろと指示した」

そこまでは具体的に言われていない。父さんは、藤野恋に関する報告を聞いたあとこう言っただけだ。

「ところで海崎家の信如様はお幾つだったかな？」

そのあとは全部、ぼくが考えて実行した。

「もしそれが真実ならさ、信如くんと恋ちゃんに直接話した方が早いんじゃないかな」

「信如はそう言われたら、いくら恋ちゃんがどストライクだったとしても拒否したんじゃないの。あいつのお母さんも、うちのママと同じように親に言われての強制結婚だったわけだし。それとミサオってわりとロマンチストじゃない？　恋ちゃんが可哀想だと思ったんじゃないの？　あの子、これまで男関係が酷かったって言っているし。だから奇跡の出会いを演出してあげた」

「それが本当なら、随分手のこんだ事をしたんだな」

口ではそう言いながらも、心の中では鴎さんと楽の推理に白旗をあげていた。概ね正しい。

海崎信如がたまに葛西臨海公園のペンギンのコーナーでひとりボンヤリしていることを、ぼくは以前から知っていた。だから藤野恋から「残留思念の本体同士をくっつけたいからお見合い作戦に協力してくれ」と頼まれたとき、思いついたのだ。お見合いを仕掛ける側の藤野恋が、そうとは知らず海崎信如とお見合いをする作戦を。

信如の父親の昌如さんにはこちらの狙いは明かさず、休日の朝早くに「本人が嫌がることを言ってくれませんか」とだけお願いした。

おそらく「たまには一緒に檀家廻りでもするか」とでも言われたのだろう、慌てて信如は水上バスで葛西臨海公園へと逃げ出したというわけだ。とはいえ、ふたりが出会ったあと、ここまで早く進展するとは想像してもいなかった。たとえ出会いが他人のお膳立てだろうと、ふたりの恋が本物であることは間違いない。

「ありがとう。私たちを心配してくれて。これで囲間家も安泰だし」

楽がぽつんと言った。

「それが仕事だからね」

「で、お願いがあるんだけどさ。雨ちゃんに同じ方法で運命の男との出会いを演出してくれないかな。あの子、自分で相手を見つけるなんて絶対無理だし」

「了解。やってみる」

「じゃあ、私は飲みに行くから、あとはよろしく」

楽はぼくに背を向けると随神門の方にしばらく歩いていたが、こちらに振り向くと大声で訊ねてきた。

「不思議なんだけどさ、ミサオってそこまで心配してくれているのに、私のプランの方はなんで止めてくれなかったのかな?」

「もし楽が実際にそういう奴と会ったら、その時点で止めていたと思う」

「あ、そういうことか」

楽は納得すると境内の外へと去っていった。

楽の言う〝プラン〟とは、アンダーグラウンドな世界に流れ着いた霊能力を持った男との子どもを、楽が妊娠することで囲間家の血統を存続させるというものだ。本人には言えっこない。「あの子、ああ見えて一番怖がりだから、やれっこないわよ」と、ぼくの母が笑い飛ばしていたことと、ぼくが事前にそれらしき男を何人も排除していたことは。

ＥＤＯＣＣＯから大きな笑い声が漏れてきた。この調子だと、パーティは夜遅くまで続きそうだ。来年に開催される東京オリンピック・パラリンピックのあと、東京はこれまでにないほど姿を変える。囲間家は総動員でトラブルに対処することだろう。ぼくも忙しくなりそうだ。

夕闇に包まれた空をふと見上げると、細雪が降ってくるのが見えた。

おまけコラム　街のゆくえ

第一話　渋谷

小田急線沿いで育った子どもにとって、最初に自分の意志で行く東京の繁華街といえば、渋谷である。下北沢で京王井の頭線に乗り換えるだけだろ、とか言わないでほしい。敷かれたレールで漫然と新宿に行くのとはワケが違うのだ。

この街で最初に輸入レコードを買ったのはたしか一九八三年の夏。渋谷西武B館の地下にあったディスクポートでデヴィッド・ボウイの新譜『レッツ・ダンス』の輸入盤を買うつもりだったのが、値段が高すぎて、一九七七年作『ロウ』のカットアウト盤を買った。これをきっかけにシスコや移転前のタワーレコード（現在サイゼリヤが入っているビルにあった）に通うようになった。輸入レコードショップの数はその後すごい勢いで増えていき、一九九〇年代にピークを迎えた。ぼくにとって渋谷系とは、こうした輸入レコードショップを中心とした文化のことだ。

あの頃は、知り合いのほとんどが自分の部屋にアナログ・プレイヤーとCDJをそれぞれ二台持っていて、手作りのDJパーティが毎晩のように開かれていた。その時代を象徴するような話をしよう。友達がある日、夕方の渋谷でレコード漁りをしていたら、キュートなデザインのフライヤーを見つけた。その日が開催日だったので行ってみたら、女子高生が主催のパーティで、アンナ・カリーナのような髪型でベレー帽を被ったティーン女子たちが、爆音で流れるジミー・スミスの「ザ・キャット」で踊り狂っていたというのだ。

しかしこうしたブームはゼロ年代に入ると急速にしぼんでいく。理由は色々あるのだろうけど、ブームの中心にいた団塊ジュニアが社会人になって忙しくなったことが大きい。輝かしい思春期は終わったのだ。ベレー帽の女の子たちは今どこで何をしているのだろうか。

なお文中に出てくるレコードショップは主人公の架空の店以外すべて実際に買い物をしたことがある店だけど、細かい情報については手元にあった「レコードマップ'96」（学陽書房）を参考にした。

第二話　豊洲

田園都市線が溝の口から長津田まで延長したのが一九六六年、多摩ニュータウンに最初に入居があったのは一九七一年なので、東京の郊外が発展したのは一九六四年の東京オリンピック以降ということになる。この時代、郊外暮らしは都落ちではなくクールなものとして宣伝された。親戚にまつわる色々なしがらみがあるゴミゴミした都心から逃れて、緑豊かで洗練された郊外で夫婦と子どもたちだけのニューファミリーとして暮らす。何と素晴らしい人生だろう！

こうした価値観をバックボーンに作られたのが、一九八三年からＴＢＳで放映が開始されたＴＶドラマ『金曜日の妻たちへ』シリーズだった。同作の主要ロケ地が町田市のニュータウン、つくし野だったため、全国から聖地巡礼者が押し寄せたという。つくし野が選ばれたのはクールだからではなく、赤坂が手狭になったＴＢＳが作った緑山スタジオのすぐそばだったからに過ぎないのだが。

しかし郊外開発は一九九〇年代初頭のバブル崩壊によって停滞し、都心回帰のムーヴメントが巻き起こる。ＴＢＳは本社所在地に赤坂サカスをオープン、中央区佃と江東区豊洲に拠点があったＩＨＩの跡地には巨大タワーマンション群が建設された。湾岸部、特に豊洲のタワーマンションがユニークなのは、街づくりがショッピングモールを核にした郊外的なところだ。住んでいる人々も、外からやってきたニューファミリーが多い。そういう意味では、都心回帰ではなく、拡大する東京のフロンティアが、辺境から中心部に移ったと表現した方が正解なのかもしれない。

そして二〇二〇年の東京オリンピック・パラリンピック以降、新たなフロンティアが中央区晴海に出現する。選手村の宿泊施設が大会後に改修されて、総戸数五六三二戸にも及ぶ巨大マンション街が誕生するのだ。前回の東京オリンピックの選手村跡地が代々木公園になったのと比べると、日本に余裕がなくなったなと感じざるを得ないけど、都心にまとまった土地がもう残っていないことを考えると、この場所が東京にとってのラスト・フロンティアであることは間違いない。

第三話　八重洲

六本木ヒルズ、表参道ヒルズ、東京ミッドタウンが開業したのはそれぞれ二〇〇三年、二〇〇六年、二〇〇七年のこと。つまり現在の都心を代表するショッピング街が整備されたのは二一世紀以降のことで、そんな昔の話ではないのだ。なのに、もともとどんな場所だったのか記憶が曖昧になっているのだから恐ろしい。防衛庁だったミッドタウンはともかく、前二者の場所にそれぞれあった六本木ＷＡＶＥと同潤会アパートには何度も行ったはずなのに。元の街並みを刷新してしまう再開発は、それにまつわる土地の記憶も消し去ってしまうのかもしれない。

二〇〇二年の丸の内ビルディング建て替えにはじまった丸の内再開発は、そうした点において優れていた。現在立つ高層ビルの足元にはレンガ調タイルを貼った店舗部分があるのだが、あの高さとファサードのデザインは、建て替え前の丸ビルのそれを模しているのだ。この手法は向かいに立つ新丸の内ビルディングやほかのビルの建て替えにも踏襲されており、街全体が土地の記憶を生かしながらリニューアルされている。

建て替え前には金融機関が多かった一階テナントを、アパレルやカフェに変えたのも良い判断だった。おそらく賃料収入は減っただろうけど、人通りが増して街の雰囲気はぐっと良くなった。こうした大胆な街づくりが可能だったのも、丸の内一帯がほぼ三菱地所一社の所有地であること、明治時代に政府から払い下げられた半ば公共の土地であるという歴史が大きい。

そんな丸の内と比べると、東京駅の反対側の八重洲は再開発が遅れていた。でも最近はイイ感じの店も増えてきて、昔ながらの店舗とのバランスが良い塩梅になっていると思う。将来、再開発が行われる際は、土地の記憶を生かした計画になることを願っている。

なお文中に登場する第一機械工業は架空の企業。サラリーマン小説のオリジネイター、源氏鶏太が一九六二年に発表した『東京・丸の内』に登場する会社名を引用させてもらった。

第四話　三ノ輪・浅草

昭和の東京郊外で子ども時代を送った人間にとって、浅草ほどエキゾチックな存在はなかった。空き地が戸建て分譲地として開発されたり、駅前に新しくデパートができるといった、基本的には発展する一方だった郊外の町に対して、浅草は〝過去に栄光を極めた下町の繁華街〟という正反対の存在だったからだ。浅草の黄金時代が過去にあったという認識はぼくだけではなく、東京に住む人間がみな共有しているものだろう。問題は、いつ栄光時代が終わったかということ。これが今ひとつはっきりしないのだ。

一九五八年の売春防止法施行によって、吉原の赤線が灯を消してからとの声もあれば、それよりもっと前、一九四五年の東京大空襲によって街全体が焼き尽くされて終わったとの意見もある。では戦前の浅草はどんな感じだったのだろう。昭和初期の浅草を舞台にしたモダン文学を読むと、たしかに活気が漲る街であるかのように描かれてはいるけど、同時にその裏には憂いのようなヴァイブスも感じられる。

なぜなら「関東大震災で街の象徴である凌雲閣が崩れたとき、浅草の真の黄金時代は終わった」という想いが通底しているからだ。では、震災前の大正時代こそが黄金時代なのかと思ったら、「凌雲閣は大正時代に入ると入場客が減って寂れてしまい、建物周辺には私娼窟が立ち並んで問題視されていた」などと書いてある本もあって、わけがわからない。

確かに言えることは、浅草が「昔はもっと栄えていたのに」という憂いを長い間にわたって振りまきながら、今もしぶとく賑い続けているということだ。

古くからの繁華街であるため、浅草周辺を舞台にした小説には、身売りや少年ギャング抗争を描いたものも多いのだけど、憂いを帯びた浅草のイメージが作用して〝情緒溢れる〟と評されることが多い。黄昏の街では、セックス&ヴァイオイレンスもまたロマンティックなのだ。

第五話　新大久保・新宿

考古学の対義語「考現学」を標榜して都市のフィールドワークを行なった今和次郎の『新版東京大案内』(ちくま学芸文庫)は、関東大震災復興期の東京をレポートした最重要資料だ。その中で新宿は「むちゃくちゃ盛り上がっているな、この街!」的な驚きの対象になっているのだけど、賑わいの質が今とあまり変わっていないのには驚かされる。「流動する人間の集まり」「都市と近郊と地方との交流作用から生れた異常なる高速度発展市街の代表的サンプル」なんて形容詞は今でも通用しそうだ。

但し賑わいだけならトップでも、雰囲気があまりにも雑然としていて情緒に欠けるので、格式を含めたトータル・ポイントでは銀座には全然及ばないとされている点も変わっていない。浅草が賑わっているにもかかわらず「昔はもっと栄えていたのに」と言い続けている街ならば、さしずめ新宿はすでに実質ナンバーワンなのに「いつかナンバーワンの盛り場になるぞ」と言い続けている街と言えるのかもしれない。

そんな実質東京一の繁華街を抱えているにもかかわらず、ビジネス街としての新宿区はトップからほど遠い。東証一部上場企業の所在地としては千代田、港、中央に次ぐ第四位に甘んじているのだ。これは都心部の西端にある地理的特性を考えるとやむをえないだろう。西新宿の副都心に立つ超高層ビルには大企業のテナントも多く入ってはいるけれど、本社ではなく「西東京支店」であることが多い。そしてそうした支店は社内では決して主流の存在ではない。

私の父も一時期、中央区にある本社から西新宿の支社に異動させられて、意気消沈していた記憶がある。でも当時幼児だった私は「会社が西新宿なんてスゲえ！」と大喜びだった。なぜなら、毎週夢中で観ていたテレビ番組『秘密戦隊ゴレンジャー』でヒーローたちが操縦する飛行戦艦バリブルーンが出動するのは、新宿西口駅前ロータリーの通風口からだったからだ。

第六話　小石川後楽園

クイズです。陸上自衛隊市ヶ谷駐屯地、戸山公園、上智大学、そして旧築地市場の共通点は何でしょう?

正解は江戸時代に徳川御三家のひとつ、尾張徳川家の武家屋敷の敷地だった場所。そんなに沢山の敷地を持っていてどうするの?とツッコミたくなる。ちなみに上智大学と四谷駅を挟んで反対側に広がる赤坂御用地は紀州徳川家の武家屋敷だった。紀州藩はグランドプリンス赤坂(昭和育ちには赤坂プリンスホテルと言ったほうが通りが良いだろう)と旧芝離宮恩賜公園の土地も所有していた。

本書に名前が登場する東京の有名スポットで言うと、明治神宮が彦根藩、東京駅が三河吉田藩と津山藩と松本藩、青山学院大学が西条藩、赤坂サカスが広島藩、六本木ヒルズが長府藩、そして東京ミッドタウンが萩藩の武家屋敷だった。大半を占める庶民が下町に押し込まれていた一方で、ごく僅かの大名が山手の土地のほとんどを所有していたのだ。

個々の屋敷がどれだけ広かったのかスケール感がわかりやすいのが、尾張、紀州と並ぶ御三家のひとつ水戸徳川家の藩主が住んでいた上屋敷だ。東京ドームシティ全体が邸宅、小石川後楽園がそのまま庭園なのだ。小石川後楽園を整備した二代目藩主、水戸光圀は

『水戸黄門』では、うっかり八兵衛のイラっとする行為すら許容する庶民の味方として描かれているけど、実際は封建制度の頂点に立つスーパーセレブだったことが分かる。『水戸黄門』で光圀の宿敵として描かれているのが、徳川綱吉の側近として権勢を誇った柳沢吉保だが、彼の下屋敷だったのが文京区にある日本庭園として小石川後楽園と並び称されている六義園である。史実でもふたりは政敵だったようだが、庭園の趣味では似た者同士だったことが分かる。

なお文中に登場する着物については「七緒　VOL.55」（プレジデント社）を参考にした。

第七話　赤坂・六本木

ロス・インディオス&シルヴィアが、一九七九年にリリースしたヒット曲「別れても好きな人」（作詞・作曲：佐々木勉）は、とんねるずが一九八五年にヒットさせた「雨の西麻布」（作詞：秋元康、作曲：見岳章）を遥かに先駆けたメタ・ムード歌謡だった。メロディこそ王道ラテンムード歌謡だが、この曲の主人公たちは渋谷で再会して原宿、赤坂、高輪と、城南エリアばかりを歩きまわって乃木坂で別れてしまう。東京の繁華街として絶対外せない銀座も新宿も出てこないのだ。

このルートを徒歩で回るのは無理があると長年思っていたのだけど、実は一九六九年に発表されたオリジナルの松平ケメ子版は歌詞が一部異なっていて、「原宿」が「青山」、「高輪」が「狸穴」だったらしい。そのルートなら、首都高三号線の下の通りを六本木方面に歩いて少し南下してから北上するだけだから余裕だ。ていうか、本書でぼくがやろうとしていることを半世紀前に三分間の曲の歌詞でやってしまっている佐々木勉は天才としか言いようがない。

いずれのバージョンにも登場する赤坂は、この中ではもっともムード歌謡的な繁華街と言える場所だが、歌詞では「思い出語って赤坂」とふたりにとって過去の街として扱われている。昭和のナイトクラブが六〇年代末の時点ですでにピークを過ぎていたことを表現したかったのか、歌の中の女性が男と交際していた過去にそうしたクラブで働いていた設定（昭和のヒット曲は女性が水商売関係者であることがとても多かった）なのかはわからないのだけど。

なお文中に登場するジュリー・ロンドンの公演日は、アルバム『ライブ・アット・ニューラテンクォーター』のデータを参考にした。また登場人物が語る「戦前、青山学院大学のキャンパスに子ども時代のゾディアックが住んでいた」という説は実在する。『殺人鬼ゾディアック　犯罪史上最悪の猟奇事件、その隠された真実』（亜紀書房）に詳細が書いてあるので、興味がある方はぜひ。

第八話　葛西臨海公園

雑然とした森や原っぱに囲まれた郊外で育った反動なのか、都心の〝管理された自然〟というものに憧れを持っている。

埋立地に設けられたガランとした公園はとくに大好物で、以前はわけもなく彷徨い歩いたものだ。中でも葛西臨海公園はトップクラスの場所だ。都心とは思えないくらい視界が広いし、人工の浜辺にぐっときてしまう。おまけに最高にクールな水族館まであるのだから。

日本の水族館は、一九九〇年にオープンした大阪の海遊館以前と以後に分けられると思う。もともと水族館という施設自体、水槽の中で海や川の生態系を再現したものではあったけれど、海遊館のオープン以降は、建物の外観や館内のデザインまでオーガニックな雰囲気のものになったような気がする。

そういう意味では、一九八九年にオープンした葛西臨海水族園は、オールドウェイヴ水族館の最終形態なのかもしれない。人工空間であることを極端なまでに強調したデザインには行くたび痺れてしまう（あ、もちろん海遊館も大好きだけど）。

その葛西臨海水族園で、二〇一四年一二月から翌年三月にかけて、回遊魚コーナーで展示していた一六〇匹近い魚が次々と死に、クロマグロ一匹だけが生き残るという怪事件が起きた。あのときは「人工空間がそんなに嫌だったのか」とか「遂に大自然から人類に警告が来たか」などと思いを巡らしたものだ。

結局、細菌感染やストレスなど複数要因によるものとの調査結果が発表されて事件は決着。あらたに魚が増やされてからは再発していないようだ。この章を書くために久しぶりに訪ねた回遊魚コーナーでは、たくさんの魚がすいすいと泳いでいた。彼らがこのクールな空間を気に入ってくれて、本当に良かった。

第九話　神田明神

東京都民の端くれとして、初詣には神田明神に行くようにしている。首都（と定めた法律はないそうだが）東京を護るこの神社が祀っているのが、大国主命、恵比寿、平将門の三神であるという事実はなかなか興味深いものがある。

『古事記』の多くのエピソードに登場する大国主命は、日本を建国しながら、天照大御神が派遣した軍との戦いに敗れて国を譲り渡した男だ。大和王朝より先に出雲王朝が存在した痕跡とも言われているが、真相は闇の中である。はっきりしているのは、天照大御神を祀った伊勢神宮系の神社とは別に、彼を祀った出雲大社系の神社が日本各地に存在すること。大国主命こそは日本初のオルタナティヴ・ヒーローなのだ。

ふたりめの恵比寿は大国主命のアルターエゴである大黒天の息子という設定があるのだそう。そして何と言っても三人目の平将門である。関東に独立国家を設立しようと試みて朝廷に敗れ、京都の七条河原に晒し首にされながらも、首だけ飛行して大手町まで帰ってきた関東ラブな男。彼もまたオルタナティヴ・ヒーローである。

ここについ最近、第四神が加わった。アニメ『ラブライブ！』である。主人公たちが通う架空の女子校が神田付近にある設定のため、劇中には神田明神がやたらと登場。このため全国から聖地巡礼者が続出したことで、それに応えた神田明神は関連グッズを売りまくっている。今や、敷地内で奉納される絵馬の約半分は『ラブライブ！』関連のものだ。

これは決して嘆かわしいことではない。現代日本において最もオルタナティヴなムーヴメントはアニメなのだから、神田明神が『ラブライブ！』を仲間に引きいれようとするのは歴史的見地からしても正しい。もっとも個人的には、『ラブライブ！』の人気を妬んだ将門公の怨霊が覚醒しないか、少々心配なのだけど。

長谷川町蔵（はせがわ・まちぞう）

東京都町田市出身。映画や音楽にまつわるコラムからフィクションまで、クロスオーバーなジャンルで執筆する文筆家。著書に『あたしたちの未来はきっと』『サ・ン・ト・ランド サウンドトラックで観る映画』『21世紀アメリカの喜劇人』、共著に大和田俊之との『文化系のためのヒップホップ入門　1＆2』、山崎まどかとの『ヤング・アダルト U.S.A.』など。

インナー・シティ・ブルース
Inner City Blues: The Kakoima Sisters

初版発行　2019年4月1日

著　者　長谷川町蔵

装　画　新井リオ
装　丁　小野英作
編　集　荒木重光

発行人　近藤正司
発行所　株式会社スペースシャワーネットワーク
東京都港区六本木3-16-35 イースト六本木ビル
編集　tel. 03-6234-1222／fax. 03-6234-1223
営業　tel. 03-6234-1220／fax. 03-6234-1221
http://books.spaceshower.net/

印刷・製本　シナノ印刷

ISBN 978-4-909087-39-3